AF438432

IL VANGELO SECONDO GIUDA

di
Sabrina Folcia

Altri romanzi di Sabrina Folcia:
La vita è una cosa seria
Canzoni per le notti di novembre
Quando eravamo ragazze
Visioni private
L'Agenzia dei Casi Impossibili

Non sarebbe poi tanto male se ci fosse qualcosa per distinguere i buoni dai cattivi.

Louis-Ferdinand Céline,
Viaggio al termine della notte

1.

Lorenzo è seduto alla scrivania del suo studio.

Sta terminando la revisione di un documento che il giorno successivo presenterà al consiglio di amministrazione della fondazione di cui è presidente.

L'ultima volta che lo ha riletto, circa sei ore prima, gli era sembrato perfetto, ma per qualche motivo ha deciso di fare un'ultima verifica.

Infatti ecco che trova l'ennesimo refuso.

Lo sottolinea con la penna rossa e riprende la lettura tra un sorso di tisana e l'altro.

É uscito dalla doccia da circa mezz'ora, ed è ancora in accappatoio. Nonostante siano quasi le due di notte non è stanco; non ancora.

Arrivato alla fine del documento lo corregge al PC e lo ristampa. Questa è davvero l'ultima versione, si dice, e spedisce il file per posta elettronica. L'indomani ne farà preparare dieci copie.

La *Fondazione Le Muse* ha quasi tre anni. L'idea di aprire una fondazione è venuta a Lorenzo una sera in cui stava prendendo parte all'inaugurazione di una mostra. Molti artisti intorno a lui lamentavano le difficoltà di reperire fondi per le loro attività, per promuovere nuovi progetti o anche solo per arrivare a fine mese.

In quel periodo aveva ricominciato a investire in modo sistematico dopo un lungo periodo di sosta, e si trovava a non sapere letteralmente dove mettere i soldi.

Faceva donazioni regolari a diversi enti, ma da qualche tempo stava pensando di avviare un'impresa da gestire direttamente.

In pochi mesi *Le Muse* era diventata una delle fondazioni più importanti a livello nazionale per l'erogazione di fondi destinati ad artisti, o ad aspiranti tali. Ogni anno mette a disposizione centinaia di borse di studio e ogni mese lancia progetti per promuovere l'arte nelle scuole e tra i giovani.

Il sito della *Fondazione* è tra più interessanti del settore, non solo per le opportunità che vi si possono trovare, ma anche come vetrina di artisti più o meno noti.

L'indomani Lorenzo presenterà al consiglio di amministrazione una nuova iniziativa attraverso la quale mettere in vendita le opere d'arte.

La cosa non lo impensierisce minimamente: sa che si tratta di un'ottima idea e sa che avrà successo, esattamente come per tutte le altre sue idee.

Prima di spegnere il PC da un'occhiata veloce alla posta. Ci sono circa venti messaggi non letti. Nessuno sembra importante. Gli cade l'occhio su un messaggio di Nadia, una cartomante che grazie a lui in pochi mesi è passata dal fare le carte su di un tavolino per strada, a gestire uno dei siti italiani più floridi e redditizi nel settore della divinazione; Lorenzo decide che anche quello può aspettare, nonostante sia un'e-mail contrassegnata come urgente.

Si alza, spegne la luce, va in soggiorno, si mette comodo sul divano e accende la televisione. Non va mai a dormire senza aver passato almeno mezz'ora ad ascoltare le ultime notizie della *CNN* o di *Al Jazeera*.

Se non fosse per la televisione, l'appartamento sarebbe avvolto nel silenzio totale, dato che Lorenzo lo ha fatto insonorizzare. È stata una richiesta di Angelica, la donna che vive con lui in quei duecentocinquanta metri all'ultimo piano di uno stabile d'epoca in via della Spiga. Si sono incontrati poche settimane dopo l'avvio della *Fondazione*: Angelica è stata una delle prime persone a richiedere un finanziamento.

Il suo era un progetto più imprenditoriale che artistico, dato che l'ambizione di Angelica era quella di affermarsi come influencer nel settore dell'arredo di lusso.

Lorenzo era rimasto colpito dall'intraprendenza di Angelica, ma ancora di più era rimasto stupito dal suo desiderio di cambiare lavoro a trentacinque anni. Angelica aveva infatti appena lasciato un incarico come restauratrice presso un ente internazionale per iniziare un'attività completamente diversa, animata unicamente dalla passione e dal talento, come aveva scoperto poi Lorenzo.

Il contributo di Lorenzo all'appartamento dove vivono è esclusivamente economico. Tutto quello che sa è la cifra spesa per acquistarlo e arredarlo. I dettagli tecnici li lascia ad Angelica, la quale sembra sempre avere le idee estremamente chiare in merito a ciò che vuole e perché. Per esempio: a cosa serve un appartamento insonorizzato? Serve a suonare il pianoforte senza dare fastidio ai vicini, perché disturbare è di estremo cattivo gusto.

Nel giro di poche settimane l'appartamento è diventato un modello di stile e tecnologia a livello mondiale grazie ai social, dei quali Angelica è una grande esperta.

Angelica riuscirebbe a dedicare un'enciclopedia illustrata in svariati volumi all'arredo e alle soluzioni innovative dell'appartamento. Per Lorenzo è bello ed efficiente.

Si guarda intorno: tutto concorre a un'armonia sublime, e Lorenzo non si stupisce del fatto che ciascuna foto pubblicata su Instagram ottenga decine di migliaia di like. Ogni singolo elemento è in un punto preciso, e non è mai casuale, come invece potrebbe sembrare.

L'incredibile intuito di Angelica risiede proprio nella capacità di fare sembrare molto semplice qualcosa di incredibilmente complesso. Lorenzo a volte pensa che spostando un singolo pezzo l'equilibrio andrà in frantumi e tutto crollerà miseramente.

Per questo non tocca niente.

Quanto vale questo posto? Lorenzo non lo sa calcolare. Almeno dieci milioni di euro. Dipende anche dalla quotazione dei quadri. Non se ne intende, ma sospetta che alcuni abbiano già incrementato significativamente il loro valore.

In fondo lui ha sempre pensato in termini di investimento e mai di spesa fine a se stessa; non gli importa spendere perché sa che presto o tardi ne trarrà un profitto. La sua fortuna risiede nell'incrollabile certezza che ogni euro speso gli tornerà con gli interessi.

Alle due e mezza spegne il televisore e si avvia verso la camera da letto. In un punto defilato della parete del soggiorno c'è l'unico oggetto che Lorenzo ha portato con sé dalla sua vita precedente; si tratta dell'*Harbor Scene* di Willem van de Velde. Lo ha consegnato ad Angelica come un falso d'autore al quale lui attribuiva un valore prettamente sentimentale e lei lo ha appeso in angolo dove non desse troppo fastidio.

Angelica dorme da ore, accanto a lei c'è Bruto, il bulldog francese che lei adora come un figlio.

Lorenzo si mette il pigiama, sposta Bruto e si infila sotto le coperte.

C'è stato un periodo in cui la sua vita non aveva più alcun significato. Ora gli sembra un periodo così lontano da appartenere a un'altra persona con la quale lui non ha quasi niente a che fare.

Da allora ha costruito un'esistenza finalmente dotata di senso, costituita principalmente da una bella casa, una donna di classe e cultura, un'attività florida che gli conferisce prestigio, investimenti che fruttano ogni giorno migliaia di euro.

A volte Lorenzo pensa che la vita sia davvero facile se sai come viverla, e lui in un modo o nell'altro ha imparato a farlo. Non sa bene come sia successo, ma un giorno ha deciso di uscire da quella specie di pensione volontaria e anticipata nella quale si era ritirato a quasi quarant'anni. Essere ricco non gli bastava più: voleva tornare a essere qualcuno sulla piazza. Qualcuno di cui la gente parlava. E possibilmente di cui parlava bene, al contrario del passato, quando le sue quotazioni erano alte, ma sul mercato sbagliato.

Di tutto questo Angelica non sa nulla. Tutto quello che sa di Lorenzo risale a cinque anni prima e ha a che fare con un appartamento di lusso in città, con una casa al mare e una in montagna, con vacanze esclusive e jet privati, con un guardaroba infinito di capi, scarpe e accessori griffati e confezionati su misura. In quanto alle auto, le cambiano ogni sei mesi, e sono sempre fuoriserie. Lorenzo non saprebbe quali sono i modelli che ha nel box adesso, e non gli interessa granché. Tutto ciò che sa è che al mattino ci sarà una vettura con autista ad aspettarlo fuori dalla porta del condominio.

Persino il corredo del cane è di lusso, per non parlare del suo pedigree.

Lorenzo ogni tanto si chiede se è felice.

Sì, si risponde, è felice. E gli spiace per tutti gli altri, ma solo per qualche secondo.

Adesso sono quasi le tre, ma Lorenzo ancora non ha sonno. Si sente carico di vita e di energia. La sua insonnia è l'effetto collaterale di un'esistenza piena e soddisfacente.

Chiude gli occhi. Non ha fretta di prendere sonno, perché in questi momenti si sente più vivo che mai. Si sente a contatto con la parte di sé più autentica e profonda, e pensa a sé come l'incarnazione dell'uomo che sognava di diventare da ragazzo.

Finalmente è diventato se stesso, un se stesso rispettabile e invidiabile - e questa è la parte alla quale tiene maggiormente.

2.

Alle sette la casa domotica di Lorenzo e Angelica si mette in moto.

Spesso Lorenzo si sveglia prima, ma non oggi, dato che ha preso sonno verso le quattro.

Si attarda nel letto qualche minuto. Fuori il sole è già sorto e la città sta per affrontare un nuovo giorno.

Trae un sospiro profondo e allunga il braccio. Accanto a lui il letto è vuoto. Lorenzo sorride: Angelica si alza all'alba, dedica un'ora alla meditazione allo yoga e un'altra mezz'ora abbondante alla preparazione della colazione perfetta: buona, nutriente e sana.

In questo Angelica non transige: un'alimentazione equilibrata è alla base del benessere fisico e mentale. Persino Bruto è nutrito con cibo di prima qualità e spesso Angelica cucina per lui bocconcini così appetitosi da far invidia a Lorenzo.

Si alza e va in bagno. Lui e Angelica hanno bagni separati, ciascuno arredato con gusto, sobrio ed essenziale il suo, caldo e romantico quello di Angelica.

Si fa la doccia e si avvolge nell'accappatoio.

Mentre si lava i denti si sforza di cogliere qualche rumore proveniente dalla cucina, ma tutto è avvolto in un silenzio singolare. In più di mezz'ora non gli è pervenuto alcun segno di vita dal resto della casa.

Esce dal bagno e attraversa il soggiorno. Le serrande sono tutte alzate e la luce del sole ormai avvolge ogni cosa. La cucina è vuota e non ci sono tracce di un uso recente. Lorenzo si affaccia sul terrazzo, quindi passa in rassegna ogni singola stanza. Di Angelica e di Bruto non c'è traccia.

Non è caso di allarmarsi, si dice Lorenzo. Angelica è sicuramente uscita per fare due passi con il cane, comperare il giornale e magari due brioche. Non rientrano esattamente in una dieta sana, ma qualche volta se le concedono.

Lorenzo avvia la moka elettrica e accende la televisione in soggiorno. Torna in camera da letto e si veste. La sua cabina armadio è la metà di quella di Angelica, nondimeno fanno bella mostra di sé una cinquantina di completi in tre pezzi, tutti di fattura artigianale.

Nel giro in un quarto d'ora esce dalla camera da letto, si versa il caffè in una tazza e si siede sul divano.

Di Angelica ancora nessuna traccia, ma Lorenzo non è tipo che va in ansia. Sta iniziando a preoccuparsi, ma si dice che se entro un quarto d'ora Angelica non rientra la chiamerà sul cellulare.

Qualcosa però lo disturba in un modo subdolo.

Non ricorda che Angelica sia mai uscita di casa con una simile modalità, senza lasciare un messaggio o un indizio.

Sembra quasi non aver fatto colazione, e anche la stanza dove pratica lo yoga è insolitamente ordinata.

Lorenzo si guarda intorno. Tutto sembra essere al suo posto, eppure c'è qualcosa che non va.

Spegne il televisore e si alza. Va in camera da letto e apre la cabina armadio di Angelica. Non ricorda di averlo mai fatto, non ne ha bisogno: se volesse dare un'occhiata ai vestiti e le scarpe di Angelica gli basterebbe aprire Instagram, se solo lui si fosse mai premurato di avere un account.

Quello che trova – o meglio, che non trova – lo lascia a bocca aperta: la cabina è quasi del tutto vuota, se non per qualche vecchio vestito e due paia di scarpe.

Lorenzo trattiene il respiro mentre contempla la desolazione dei ripiani.

Fa un giro rapido per l'appartamento e lo trova sistematicamente privo degli oggetti personali di Angelica. Non ci sono più gioielli, tablet e computer; inoltre mancano all'appello un tavolino intagliato del xix sec. e una statuetta in marmo raffigurante il mito di Amore e Psiche, alla quale lei teneva particolarmente, e che se Lorenzo non ricorda male era costata circa mezzo milione di euro.

Tutti i quadri sono al loro posto, tranne l'*Harbor Scene*, nota ora Lorenzo. L'angolo di parete al quale era appeso è ora uno spazio di muro bianco con un chiodo solitario.

Lorenzo torna a sedersi sul divano.

Ormai sono quasi le otto e mezza.

Prende in mano lo smartphone e cerca il numero di Angelica. Lancia la chiamata, e non è per niente sorpreso di apprendere che il numero è inesistente.

In quel momento suona il citofono.

Il portiere dello stabile lo avverte che la macchina è pronta fuori dal portone.

-Grazie- risponde. Sta per dire che sarà giù in un paio di minuti, quando ha un ripensamento.

-Faccia rimettere la macchina in garage, per favore. Questa mattina esco più tardi.

In quel momento tutte le serrande prendono a scendere contemporaneamente, come da programmazione, e nel giro di trenta secondi l'appartamento è avvolto nell'oscurità.

Lorenzo scuote la testa. Non ha la minima idea di come si faccia a manovrarle.

Armeggia qualche istante con la centralina e riesce a far risalire la serranda del soggiorno.

Apre la finestra per uscire sul terrazzo e fa scattare la sirena dell'allarme, che nel frattempo si è inserito autonomamente.

Non c'è modo di disinserirlo, o almeno lui non sa come si fa.

Il citofono suona di nuovo, ed è ancora il portiere. Gli chiede se va tutto bene, perché dal pannello di controllo situato nella reception risulta un'effrazione.

Lorenzo lo rassicura sopra il frastuono della sirena, che dopo due minuti finalmente tace.

Si massaggia le tempie e prende a passeggiare su e giù per il soggiorno.

Ha bisogno di pensare, anche se oggettivamente non c'è molto da aggiungere all'evidenza che Angelica se ne è andata portandosi via poche cose di grande valore.

Sicuramente ha svuotato la cabina armadio nei giorni scorsi, lasciando per ultimi gli oggetti in vista, la cui assenza sarebbe stata notata da Lorenzo.

Non riesce a credere di essere stato tanto ingenuo, eppure non si è accorto di niente. O forse più che lui a essere ingenuo è stata Angelica ad essere scaltra e astuta.

Comunque si voglia vedere la cosa lei se n'è andata per sempre, pianificando la fuga come una ladra di alto rango. Non vorrebbe metterla in questi termini, ma non c'è altro modo, e da un certo punto di vista gli sembra un grande apprezzamento perché non sa se lui sarebbe stato in grado di fare altrettanto.

Oppure non è poi stato chissà quale colpo: in fondo ha portato via le sue cose e qualche altro oggetto.

Poteva andare peggio, anche se – santo cielo – si è presa l'*Harbor Scene*...

Mentre mette a fuoco questo particolare suona il telefono.

È una delle banche presso le quali ha un conto.

Lorenzo calcola che è aperta da nemmeno mezz'ora: che cosa può essere successo?

-Buongiorno signor Corradini- esordisce il direttore della *Cristal Bank*.

Lorenzo si siede. Ora riesce a immaginare che cosa può essere successo.

-Mi scusi se la disturbo, ma si è verificato un evento davvero inusuale che sicuramente avrà una spiegazione molto semplice. Tuttavia ho il dovere di parlargliene con la massima urgenza.

-La signora Restelli ha effettuato giroconto- lo anticipa Lorenzo.

L'uomo dall'altro capo della linea tira un sospiro di sollievo.

-Immaginavo che lei ne fosse al corrente, ma ho dovuto accertarmene, lei capisce...

-Capisco perfettamente. Grazie per la telefonata.

Lorenzo si sfila le scarpe e si sdraia sul divano.

Adesso desidera solo che la serranda scenda con l'autonomia che la contraddistingue, in modo che lui possa chiudere gli occhi e tornare a dormire.

Prende in mano il telefono e apre l'app della *Cristal Bank*. Accede al conto corrente cointestato a nome suo e di Angelica, e verifica ciò che sa: è vuoto.

Chiude l'app e lascia cadere il telefono sul tappeto.

Nel frattempo si sono fatte le nove.

Lorenzo ha due possibilità: realizzare il suo desiderio di oblio oppure recarsi alla *Fondazione*.

Si alza dal divano, si infila la giacca e raccoglie le poche cose che gli servono. Prima di aprire la porta controlla che l'allarme non si sia inserito nuovamente.

Prende l'ascensore e scende nella hall.

Il portiere lo saluta con sussiego misto ad apprensione.

-Le faccio portare la macchina?

-No, grazie- risponde Lorenzo già sul portone. -Vado a piedi.

Lorenzo non può vedere l'espressione di stupore che si dipinge sul volto del portiere, ma la immagina perché lo conosce bene.

Dopo mezz'ora arriva alla *Fondazione*, dove trova la macchina parcheggiata in strada, perché Axel, il suo autista, nel frattempo è arrivato e lo aspetta in piedi.

Saluta gli impiegati alla reception e prende l'ascensore.

Ogni suo minimo gesto è passato minuziosamente al vaglio dalle persone che lo conoscono e lavorano con lui, quindi sa anche che ciascuna di loro si sta domandando cosa sia successo, perché il semplice arrivare in ufficio in ritardo rispetto al solito denota un cambio di routine epocale.

Ma come ha fatto a diventare una persona simile?

Come è possibile che si sia incarnato in un uomo così noioso e prevedibile che persino una piccola deviazione rispetto alle sue abitudini diventa un evento eccezionale di cui tutti parlano?

O forse non è così. Forse sta solo venendo di nuovo fuori l'inclinazione alla paranoia di cui soffre da sempre.

Passa davanti all'ufficio di Cornelia, la sua segretaria, che in realtà è molto di più di questo. Lui la considera la sua anima gemella in termini lavorativi ed è l'unica persona di cui si fida.

Almeno per ora.

A lei basta un'occhiata per capire che non solo c'è qualcosa che non va, ma qualsiasi cosa sia è anche molto grave.

Alza gli occhi al cielo. Le vengono in mente solo due possibilità: l'Agenzia delle Entrate e Angelica. Solo che di un eventuale rogna con l'Agenzia delle Entrare ne sarebbe venuta a conoscenza prima di Lorenzo. Quindi non può che trattarsi di Angelica.

Torna al documento al quale sta lavorando: la bozza da presentare in serata al consiglio di amministrazione. È buona, ma non perfetta. L'aggiusta in alcuni punti e la rimanda a Lorenzo.

Si aspetta una sua chiamata, che però non arriva.

Aspetta ancora mezz'ora, quindi lo chiama per ricordagli l'appuntamento delle undici con suor Marinella.

Lui se ne ricorda benissimo, grazie.

Lorenzo mette giù il telefono. Non gli piace essere scortese con Cornelia, ma oggi proprio non riesce a fare diversamente. E poi lei ha già capito tutto, quindi non c'è nemmeno bisogno di giustificarsi.

Va su è giù per l'ufficio un paio di volte, quindi si avvicina a un armadio. Dai film americani ha imparato a tenere in ufficio una bottiglia di whisky. Apre l'anta e la richiude. Cosa penserebbe suor Marinella se lui l'accogliesse dopo essersi scolato un tumbler di whisky?

Si siede dietro la scrivania e aspetta che arrivino le undici.

Improvvisamente non vede più alcun futuro davanti a sé, non tanto perché di colpo ha perso l'amore della sua vita; non c'è niente di simile al mondo e tanto meno Angelica poteva essere definita tale. È solo che la seconda parte della sua esistenza, quella che poteva in qualche modo riscattarlo una volta per tutte, è crollata in un attimo.

È bastato che venisse meno un tassello perché tutto si riducesse a un cumulo di macerie. Perché è così che si sente Lorenzo: un uomo finito.

Certo, chiunque gli direbbe che in fondo non è successo niente di irreparabile: di donne come Angelica – se non meglio di Angelica - se ne trovano a tonnellate in giro. Lei si è portata via ciò che le apparteneva e un paio di oggetti che le erano cari, e la cifra spostata dal conto non rappresenta che una frazione trascurabile del patrimonio di Lorenzo.

Eppure qualcosa è cambiato per sempre. Angelica ha portato via con sé anche la parte di Lorenzo che credeva davvero in un vita da uomo rispettabile e ammirato, oltre che ricco.

E poi c'è dell'altro. Lorenzo si sente profondamente tradito e non riesce a pensare lucidamente. Però sa che non si tratta solo di sentimenti, no. Non si tratta quasi mai solo di sentimenti, ma in questa situazione c'è qualcosa che davvero non quadra.

Tutto ruota intorno all'*Harbor Scene*. Non riesce a smettere di pensare al fatto che Angelica se lo sia preso. Lui ne aveva sempre parlato come di un pezzo di scarso valore; le aveva detto di sfuggita che si trattava di una riproduzione eseguita da un suo caro amico. Lei non aveva mai manifestato alcun interesse per quel dipinto e l'averlo appeso alla parete era da considerarsi una grande concessione nei confronti di Lorenzo.

Lorenzo pondera bene quanto sta per fare, quindi chiama Ernesto, detto Erni, che oltre ad essere il responsabile dell'ufficio IT della *Fondazione* è anche uno hacker di fama.

Lo convoca nella "sala bianca", l'unico ambiente dove non ci sono apparecchi elettronici in grado di registrare o trasmettere informazioni audio-video.

Si siedono al tavolo e Lorenzo fa scivolare un biglietto verso Erni. È piegato in due; Erni lo apre, ne legge il contenuto e senza battere ciglio lo restituisce a Lorenzo.

-Raccogli tutte le informazioni che trovi su questa persona. Voglio sapere ogni cosa, anche ciò che non dovrei sapere.

Erni annuisce ed esce dalla stanza.

Lorenzo torna in ufficio cinque minuti prima che Cornelia annunci l'arrivo di suor Marinella.

Quando lei entra lui è seduto alla scrivania. Nonostante la sua memoria prodigiosa oggi è un po' confuso e non ricorda alcuni passaggi del progetto che lei gli ha presentato.

Suor Marinella è una donna di circa quarant'anni dai capelli corti e precocemente bianchi. Non porta uno di quegli abiti tipici delle varie congregazioni, ma veste in borghese, cosa che all'inizio l'aveva disorientato. È brillante e dinamica, e non è eccessivo dire che Lorenzo ha un debole per lei. Oggi indossa golfino e gonna sui toni del grigio e granata, e calza un paio di stivali neri al ginocchio.

Vorrebbe essere dell'umore giusto per intrattenere una conversazione interessante con lei, che sa essere dotata di un senso dell'umorismo fuori dal comune. Suor Marinella è una delle poche persone che capisce le sue battute, e non è cosa da poco.

L'affascina il modo in cui lei riesce ad alternare temi seri a momenti di leggerezza che non scadono mai nella futilità.

Oggi è da lui per parlare di un progetto creativo della sua parrocchia, rivolto ai ragazzi dell'oratorio. La cifra è talmente ridicola che Lorenzo pensa di finanziare il progetto senza farlo passare dal comitato per la valutazione.

Suor Marinella si siede in una delle poltroncine e Lorenzo prende posto accanto a lei.

-Non mi è chiara una cosa- esordisce Lorenzo. -Per quale motivo il numero dei beneficiari finali è più alto del target previsto sulla base del budget? Dovrebbe chiedere un finanziamento più alto, secondo me. E lo dico contro il mio interesse.

Suor Marinella sospira. -Spero di riuscire a coinvolgere anche alcuni ragazzini rom, ma lo devo fare in modo, diciamo così, dissimulato, perché il parroco non è d'accordo.

Lorenzo annuisce.

-Quanti sono?

-Una decina.

-Credo che dovrà ripresentare il progetto con un budget più alto del venti per cento. Quando mi arriverà il progetto con il nuovo piano dei costi provvederò a farlo finanziare nel giro di una settimana.

-Pensavo che i tempi fossero più lunghi.

-Non per finanziamenti così esigui.

Suor Marinella sorride. -La prossima volta punterò più in alto fin da subito.

-È un'ottima idea. Si evitano inutili perdite di tempo.

Chiacchierano per qualche minuto e Lorenzo riesce ad accantonare le recenti preoccupazioni. Pensa a quanto possa essere gratificante il lavoro di suor Marinella, che forse andrebbe definita una missione più che un lavoro, e si trova a invidiarla un po'.

La tranquillità di quel momento dura poco, perché dopo aver sentito chiaramente Cornelia intimare a qualcuno di non entrare nell'ufficio di Lorenzo, la porta si spalanca e compare un uomo dall'atteggiamento piuttosto minaccioso.

Lorenzo si alza dalla poltrona.

-Maledetto stronzo!- gli urla addosso l'uomo. -Ecco dove sei finito!

Lorenzo riconosce Piero, un uomo con cui gli era capitato di lavorare molto tempo fa. Mentre ha una memoria infallibile per i numeri, le persone lo mettono un po' in difficoltà, soprattutto quando non ne ha una grande stima.

-Buongiorno Piero. Come vedi sono in riunione.

-Sì, lo vedo. Non me ne fotte un cazzo della tua riunione. Chi è questa povera donna?- chiede indicando suor Marinella. -Una delle tue vittime? Un'altra persona che infinocchierai magistralmente, come solo tu sai fare?

-Ti ringrazio per l'apprezzamento. A quanto pare mi riconosci del talento.

-Non fare tanto lo spiritoso. Non c'è niente su cui scherzare.

Cornelia si affaccia sulla porta.

-Ho chiamato la sicurezza. Arrivano subito.

-Non credo- ribatte Piero. -Perché ho bloccato l'ascensore e ho sbarrato la porta che dà sulle scale.

Così dicendo estrae una pistola dai pantaloni e la punta in direzione di Lorenzo.

Cornelia scappa via.

-Non te lo aspettavi, eh?

-No. In effetti non me lo aspettavo- dice Lorenzo alzando le mani. -Lascia uscire la mia ospite e poi parliamo di tutto ciò che vuoi.

-Non ti preoccupare per la tua ospite, non le torco un capello. E di parlare con te francamente non ne ho la minima voglia. Non sono qui per parlare. Abbiamo parlato anche troppo, noi due. Ma probabilmente tu nemmeno te lo ricordi.

Lorenzo sospira. Ora gli tornano alla mente diversi dettagli del suo rapporto con Piero, e nessuno è a suo favore.

Piero si avvicina.

-Ti ricordi adesso, vero?

Lorenzo annuisce.

-Sai perché quelli come te mi fanno schifo? Perché manipolate le persone; fate credere loro che si possono fidare e poi li inculate senza pietà.

Lorenzo lascia un'occhiata a suor Marinella. Sta quasi per intimare a Piero di usare un linguaggio meno scurrile, ma non gli sembra di essere nella posizione di poter osare tanto.

Lei in compenso è tutt'altro che impensierita dalla situazione e coglie l'occhiata di Lorenzo come un invito a intervenire nella conversazione.

-Immagino che quell'arma abbia un mero intento intimidatorio, vero?- chiede a Piero, che si volta verso di lei e la guarda incredulo.

-Voglio dire, non pensa davvero di usarla, giusto?- insiste suor Marinella.

-Certo che penso di usarla- risponde Piero. -Non l'ho portata fino qui per farle prendere una boccata d'aria.

Lorenzo intanto pensa agli uomini della sicurezza. Sinceramente li riteneva più furbi. In fondo non si è mai illuso su di loro, sa che non sono seri professionisti, ma scarti dei gruppi criminali dell'est Europa; proprio per questo li pensava più svegli.

Invece a guardare la situazione in cui si trova si direbbe che siano poco più di un branco di boy scout.

-Sai perché sono qui oggi?

-Sì.

-Molto bene. Dillo anche alla tua ospite perché sono qui.

-Perché la scorsa settimana hai scoperto che uno dei tuoi investimenti si è ridotto a carta straccia.

-Sii più preciso, per favore. A beneficio della tua ospite, che forse ti crede un gran signore.

-Si tratta di un investimento che ti avevo confezionato su misura, facendoti credere che ti avrebbe fruttato una fortuna, e che invece era spazzatura ad orologeria.

-Esatto. Adesso ammetti di essertene dimenticato.

-Me n'ero dimenticato.

-Ti ricordi che cosa mi hai detto per convincermi a investire tutti i soldi che avevo?

Lorenzo deglutisce. -Vagamente.

-Mi hai garantito che sarei diventato ricco. Sarei potuto entrare dal concessionario della Porche e dirgli: *voglio una macchina del colore del mio buco del culo. Lo guardi, per favore, e prenda un campione del colore.*

A Lorenzo viene da ridere. Lo sa che è l'ultimissima cosa che deve fare, ma non riesce a evitarlo. Finge di tossire, ma non riesce a essere molto convincente.

Fuori intanto si sente una gran confusione e dei passi lungo il corridoio.

Alla fine le sue valorose guardie sono riuscite a entrare dalla porta delle scale.

Non arriva alla fine del pensiero che sente un rumore assordante e una sferzata al petto lo scaraventa a terra.

3.

Robi controlla l'orologio alla parete della cucina.

Sono quasi le undici di una domenica mattina. Va in camera da letto, si veste e si mette un filo di trucco. In bagno si spazzola i capelli. Sono di nuovo troppo lunghi; dovrà prendere un appuntamento per una spuntatina.

Guarda con attenzione la sua immagine nello specchio: raddrizza la schiena e sorride.

Spegne tutte le luci, esce di casa e scende in garage a prendere la macchina.

Tutte le domeniche mattina Robi va da sua madre a pranzo, e come tutte le domeniche mattina quando arriva sotto casa trova già Andrea ad aspettarla.

Anche oggi è davanti al portone, puntuale e con in mano un bellissimo mazzo di fiori. La settimana scorsa era una scatola di cioccolatini.

Robi parcheggia. Aver incontrato Andrea è stato davvero un colpo di fortuna insperato. Non è facile trovare un ragazzo che non solo è disponibile quando le serve, ma prende anche delle iniziative.

Robi scende dalla macchina, saluta Andrea e insieme salgono fino al quarto piano del condominio dove Robi è cresciuta ed rimasta a vivere fino a circa sei anni fa.

La madre ha lasciato la porta accostata e li aspetta in soggiorno. Sta ancora finendo di cucinare, ma non manca molto, li rassicura.

Schiocca un bacio ad Andrea e lo ringrazia per i fiori, quindi li ripone in un vaso al centro della tavola.

Andrea si offre di aiutarla, come ogni domenica, lei rifiuta, come ogni domenica, ma lui passa ai fatti, come ogni domenica.

Robi si siede sul divano e si guarda intorno.

Tutto è immutabile, in quella casa. Solo le persone cambiano, seguendo i capricci di un destino insondabile.

Per esempio, solo tre anni prima in quella casa ci sarebbe stato anche suo padre. Invece una sera, mentre tornava da una visita a un amico fuori città, lui ha avuto un incidente ed è morto sul colpo.

Robi si era appena laureata e aveva ricevuto da poco una promozione sul lavoro che le avrebbe aperto le porte di una carriera brillante.

Suo padre era contento dei suoi successi, Robi lo sa, ma sa anche che sarebbe stato contento di lei anche se di successi non ce ne fossero stati. Lui era contento di averla, non serviva altro.

In cucina Andrea e sua madre chiacchierano. Lui dice qualcosa e Robi sente sua madre ridere. Poi lui le dice di riposarsi e lei si siede vicino a Robi.

L'abbraccia e le dà un bacio.

-Come stai, mamma?- chiede Robi.

Lei fa un gesto con la mano come per scacciare le mosche.

-Sto bene. Non ti devi preoccupare per me.

-Quando hai la prossima terapia?

-Tra dieci giorni. Ma tu non ti preoccupare. La zia viene con me in ospedale.

-Sei sicura?

-Ma certo tesoro.

-Cosa dicono i medici?

-Che va tutto bene. È in remissione, come dicono loro.

Andrea arriva con i piatti e tutti si siedono a tavola.

Andrea e sua madre sono in perfetta sintonia, come al solito. Sembra che si conoscano da sempre.

Commentano gli ultimi avvenimenti e Robi racconta degli aneddoti del lavoro; ormai i colleghi di Robi sono come vecchie conoscenze, anche se né Andrea, né sua madre li hanno mai incontrati.

Sua madre ride di cuore e a un certo punto le spuntano le lacrime agli angoli degli occhi.

Verso le due Andrea va in cucina a preparare il caffè e Robi inizia a sparecchiare. La madre di Robi si avvicina alla porta-finestra del balcone. Si è alzato il vento e lei controlla che tutte le piante siano a posto.

Prendono il caffè sul divano, quindi Andrea si congeda. Lavora anche la domenica, quindi intorno alle tre bacia sulla guancia Robi e sua madre, e le lascia sole.

Robi carica la lavastoviglie e torna da sua madre.

-Come sta Monica?- chiede a Robi.

-Sta bene.

-Sono contenta per lei.

-Già.

-Finalmente ha trovato una brava persona.

Robi annuisce, prende dalla borsa il proprio smartphone e mostra alla madre le ultime foto di Olivia, la bimba di Momi, che il mese scorso ha compiuto due anni.

-Che amore. È una vera bellezza. Assomiglia moltissimo a Monica. Diventerà bella come lei, da grande.

Robi ne approfitta per dare un'occhiata veloce alle notifiche. Vede con la coda dell'occhio che c'è una questione di lavoro in sospeso; ci penserà più tardi.

-Come va il lavoro?- chiede sua madre, quasi leggendole nel pensiero.

-Molto bene.

-Il tuo nuovo incarico ti piace?

-Sì.

Sua madre le prende la mano.

-Ricordati che non devi dimostrare niente a nessuno. Lo so che sei brava sul lavoro e stai facendo una carriera invidiabile, ma non devi stancarti. Il tuo benessere è la cosa più importante. Il lavoro è importante, ma non tanto quanto la salute.

Robi le sorride.

-Sì, lo so.

-Devi capire quando ti stai sacrificando troppo.

-Non lavoro poi così tanto.

-Davvero?- chiede sua madre.

-Davvero- la rassicura Robi.

-Non trascurare le cose importanti.

Robi annuisce.

-Non trascurare Andrea. Lui ti vuole bene davvero.

-No mamma, non lo trascuro.

Quando la lavastoviglie termina il ciclo di lavaggio escono insieme, salgono in macchina e partono alla volta del cimitero.

La madre di Robi tiene sulle gambe un vaso di fiori. È uno di quei vasi che confeziona una volta al mese mettendo insieme un po' dei fiori che tiene sul balcone.

Robi farebbe qualsiasi cosa per evitare la visita al cimitero, ma ogni volta pensa che non può lasciare sua madre da sola, quindi si fa coraggio e scende dalla macchina.

Prende il vaso dalle mani della madre e insieme si dirigono verso la tomba del padre di Robi.

Il vento ora è forte e la madre di Robi si stringe nel soprabito.

La ghiaia che scricchiola sotto i piedi è la cosa che disturba di più Robi. Fa fatica a camminare e il rumore dei sassolini che sfregano tra di loro la infastidisce più di ogni altra cosa.

Lungo il percorso incontrano un paio di conoscenti e si fermano a scambiare qualche parola.

Quando Robi lascia sua madre sul portone del condominio sta iniziando a piovere.

-Abbiamo fatto appena in tempo- dice la madre di Robi aprendo la portiera.

-Sì, mamma.

-Buon lavoro tesoro.

-Grazie, mamma. Chiama se hai bisogno.

-Lo sai che non mi serve niente.

Robi entra in casa, si toglie soprabito e scarpe, e lascia tutto per terra all'ingresso.

Va in cucina, apre il frigorifero e si versa un bicchiere di vino rosso. Lo beve tutto d'un fiato, quindi se ne versa un altro e se lo porta in bagno.

Si spoglia mentre la vasca si riempie di acqua bollente e schiuma, quindi vi si immerge, il bicchiere di vino a portata di mano.

Chiude il rubinetto e gli occhi.

Cinque anni fa ero una ragazza con un lavoro precario e ancora molto lontana dalla laurea, si dice Robi, eppure guardatemi adesso: a trent'anni dirigo un punto vendita di una prestigiosa catena di ristorazione, ho una casa di novanta metri quadri con box di proprietà e una bella macchina. Ho dei vestiti all'altezza del mio ruolo e non faccio economie: quando mi piace qualcosa me lo compro.

Robi sorseggia il vino, quindi appoggia il bicchiere per terra e scivola nella vasca fino a finire con la testa sott'acqua.

Quando riemerge finisce il vino e chiude di nuovo gli occhi.

Da quando suo padre è morto non beve mai in casa di sua madre; nemmeno un bicchiere di vino a tavola. L'incidente nel quale il padre ha perso la vita è stato provocato da un uomo ubriaco, anch'esso morto nello schianto.

Robi ha fatto credere a sua madre di aver smesso con l'alcol dopo una giovinezza di eccessi, l'apice dei quali è stato toccato con il ritiro della patente.

Se ci pensa le sembra passato un tempo infinito da quei giorni. Lei era un'altra persona. O forse no. Per alcuni aspetti era un'altra persona, per altri è la stessa Robi di sempre.

La domenica sera è il momento più difficile della settimana. Ogni volta passa al vaglio le ore trascorse con la madre e fa un bilancio dei tratti a favore o contro un suo miglioramento.

Oggi l'ha trovata bene, meglio del solito. Era stanca, ma è normale, si dice Robi. Oppure no?

Ogni volta si vuole convincere a tutti i costi che sua madre stia meglio, che ce la farà, e una parte di sé ne è profondamente convinta.

Si massaggi la testa sotto i capelli bagnati.

In realtà Robi sente la zia tutte le settimane e sa che le cose vanno tutt'altro che bene. Sua madre non è in remissione, anzi... Adesso che ci pensa oggi aveva le occhiaie più profonde del solito e le è sembrata più magra rispetto a settimana scorsa.

A Robi bruciano gli occhi. Li risciacqua, ma non le bruciano a causa del sapone.

Quante bugie si raccontano, pensa. Bugie a fin di bene, che però fanno più male della verità, perché sono pietose e rivelano il desiderio disperato e impossibile di mettere le persone care al riparo dalle inevitabili asperità della vita.

Per una bugia della madre ce ne sono almeno due di Robi.

Momi per esempio. Non è certo l'amica perfetta spacciata da Robi fin dei primi tempi in cui hanno iniziato a uscire insieme. Eppure Robi non poteva aspirare a qualcosa di meglio, per questo se l'è tenuta stretta. Momi è sempre stata l'esatto opposto di Robi, e anche adesso è agli antipodi: si è sposata e ha avuto una bambina.

Per sua madre Momi è una specie di esempio positivo. È una specie di anticipazione di come sarà la vita di sua figlia. O meglio, ha raggiunto i traguardi che sua madre spera per lei.

Solo che sua madre non sa tutto: Momi si è sposata perché è rimasta incinta, e per la sua famiglia era inconcepibile che lei avesse un figlio fuori dal matrimonio. Inoltre suo marito non è certo il compagno di vita che tutte le donne sognano: per quanto ne sa Robi, non riesce a tenersi un lavoro per più di poche settimane e gioca d'azzardo quel poco che riesce a guadagnare.

Momi non ne vuole parlare e questo rende le loro conversazioni penose, conversazione che nel tempo si sono fatte sempre più rare. In quanto a incontrarsi, Robi non ricorda quando sia stata l'ultima volta che si sono viste di persona.

E poi c'è Andrea.

Robi tira un lungo sospiro.

Questa è la bugia peggiore.

Lui in realtà non è il suo fidanzato. La loro non è nemmeno una relazione passeggera. Andrea non è altro che un conoscente che lei paga perché reciti la parte dell'innamorato modello. Se la recita bene è perché fa l'attore di professione. Niente di serio, tra l'altro. Poche parti qua e là pagate male; per questo i soldi di Robi gli fanno comodo e lui si mette d'impegno.

In questo Robi deve dire che è bravo. All'inizio non era molto convinta della cosa, ma con il passare del tempo lui è diventato molto convincente, troppo forse.

Sua madre si sta affezionando ad Andrea, Robi lo vede bene.

Non sa quanto potrà andare avanti con quella farsa. Lei e Andrea non possono superare alcuni limiti ben precisi, e la loro relazione – chiamiamola così – è destinata a non progredire.

Robi però non lo può liquidare, perché arrecherebbe un grande dispiacere a sua madre.

Si sente assalire da una grande stanchezza.

Per un attimo in fondo alla sua mente si affaccia un pensiero molesto che lei scaccia in un attimo; ma lui era lì e Robi ha avuto tutto il tempo di contemplarlo per bene.

È il pensiero che sua madre possa morire prima di doverle dire che con Andrea è tutto finito.

Sono solo le sei di una domenica sera desolata come mille altre.

Robi si siede sul divano ancora in accappatoio, i capelli avvolti in un asciugamano.

Prende in mano il telefono. Ci sono cinque messaggi non letti e arrivano tutti da Sonila, la sua vice al locale che dirige. Sonila e Veronica sono le sue persone di fiducia al locale. Entrambe erano tra le sue colleghe al locale dove Robi ha trovato il suo primo lavoro; quando le è stata promossa a responsabile del *Flash* di piazza Lima, Robi ha chiesto che loro fossero nel suo staff e fa sempre in modo che quando lei è assente ci sia almeno una di loro due.

Robi scorre i messaggi. Non ci sono problemi particolari. Sonila si limita ad aggiornarla rispetto ad alcune questioni, in modo che lei ne sia al corrente l'indomani, quando tornerà in servizio.

Solo che Robi non ha intenzione di aspettare fino all'indomani. Si alza dal divano, si asciuga i capelli e si veste. Prende la macchina e in un quarto d'ora è già arrivata a destinazione.

Sonila non è sorpresa dal vederla entrare. Sanno entrambe che Robi si siederà a un tavolo in un angolo, ordinerà una cena che consumerà passando in rassegna le email di lavoro, e si tratterrà fino alla chiusura.

Sanno anche che Robi berrà troppo, Sonila si offrirà di accompagnarla a casa, Robi rifiuterà assicurandole che prenderà un taxi, Sonila se ne andrà dubbiosa e non appena avrà svoltato l'angolo Robi salirà in macchina.

Ma non andrà a casa. Metterà in moto e si recherà in uno di quei locali rumorosi e affollati dove trova sempre qualcuno che le offre da bere.

4.

A Lorenzo gira la testa, ma fa finta di niente e con tutta la sicurezza che riesce a racimolare sale le scale, apre la porta e si dirige verso la reception del palazzo dove esercita la sua psicanalista.

Il portiere gli sorride e gli fa cenno di accomodarsi in ascensore.

Lorenzo apre la porta di ferro battuto ed entra nella cabina. Seleziona il piano e ringrazia il cielo che nell'ascensore ci sia un divanetto dove si può sedere per qualche secondo.

Tutto intorno a lui gira in modo vorticoso. Chiudere gli occhi lo fa stare ancora peggio, quindi li riapre, anche perché nel frattempo è arrivato a destinazione.

-Sta meglio?- gli chiede Rita.

Sono seduti nello studio e Lorenzo di colpo teme che non riuscirà mai a rialzarsi dalla poltrona nella quale è sprofondato senza ritegno.

Scuote la testa, perché è inutile fingere davanti a Rita.

-Sto male- ammette poi.

Rita aspetta paziente che lui prosegua.

-In un solo giorno ho perso tutto ciò che ero riuscito a mettere insieme negli ultimi cinque anni.

-Tutto questo lo so già. Li leggo anche io i quotidiani- lo incalza Rita sorridendo debolmente.

Lorenzo ci pensa un attimo. Passa in rassegna i pensieri delle ultime settimane, soprattutto i pensieri notturni, quelli che lo assillano nel corso delle sue lunghe notti insonni.

Ci sono considerazioni sul senso della vita, sulla crisi di mezza età, sul tradimento, l'amicizia, l'onore, la lealtà. Domande esistenziali del tipo: esiste l'anima gemella, la vita oltre la morte, uno scopo che ripaghi di tutte le fatiche?

Una notte si è persino messo a leggere il Vangelo. In uno slancio mistico ha persino scaricato testi a commento di illustri teologi. Ora però non ne saprebbe nominare uno.

Lorenzo guarda fuori dalla finestra. Il cielo si sta rannuvolando. Presto potrebbe venire a piovere.

Sospira e si rivolge a Rita.

-Voglio tornare a essere lo stronzo di una volta.

Se stesse bene adesso è il momento in cui si alzerebbe e inizierebbe ad andare su e giù per lo studio.

Solo che nelle sue condizioni non ci pensa nemmeno; anzi, solo l'idea gli provoca la nausea.

-Non che fossi più felice o soddisfatto. Diciamo che almeno ero me stesso. Ero una persona che conoscevo bene. Non avevo paura di rimanere deluso dagli altri, perché ero un tale disgraziato che trovarne uno peggio era un'impresa. Non mi illudevo e non facevo niente per piacere alla gente, a meno di non ricavarne un qualche tornaconto. Se ci penso, ero davvero un gran pezzo di merda. E mi piacevo così.

Rita annuisce.

-Cosa?- chiede Lorenzo.

Rita gli sorride.

Lorenzo alza gli occhi al cielo. -Cosa ci vengo a fare io qua? Devo fare tutto da solo. Farmi le domande, darmi le risposte. Interpretare i suoi silenzi, i sorrisi, i gesti.

-E come interpreta il mio sorriso di poco fa?

Lorenzo scuote la testa. -Ero stanco e annoiato. Si fanno delle cose profondamente sbagliate quando ci si annoia. Si cerca persino di diventare una persona migliore, solo per avere qualcosa da fare. Adesso mi dico che era meglio così. Meglio essere affetto da anedonia, dedito al porno in modo compulsivo e al sesso mercenario… è così che mi ha descritto nei suoi appunti, vero?

Rita annuisce con compiacimento. -Mi complimento per l'uso della terminologia appropriata.

-Voglio tornare a essere un essere umano spregevole e disonesto. Una minaccia per la società. Voglio essere pericoloso e imprevedibile. Voglio tornare a fregarmene di tutti quanti nessuno escluso. E non me ne importa nulla del suo giudizio. Anzi, è proprio la cosa che conta di meno al mondo.

In qualche modo riesce a tornare alla macchina. Axel gli apre la portiera e Lorenzo si lascia cadere sui sedili posteriori.

La spalla sinistra inizia a fargli di nuovo un male cane, segno che l'effetto degli analgesici sta svanendo; cerca di muovere il braccio, ancora fasciato e inserito in un tutore, e una fitta di dolore gli toglie il fiato.

Con la mano destra prende un flacone dalla tasca della giacca e lo apre con i denti. Rovescia in bocca un paio di compresse e prova a deglutirle.

-C'è dell'acqua?- farfuglia ad Axel, che scuote la testa. -Vado a prendere una bottiglietta al bar- dice aprendo la portiera.

-Lascia perdere. Apri questa- gli dice Lorenzo porgendogli una bottiglia di whisky ancora sigillata.

Axel si gira verso Lorenzo. -Non credo che sia il caso…

-Apri- sibila Lorenzo, le compresse mezze sciolte in bocca.

Inghiotte tre sorsi abbondanti.

-Adesso andiamo alla chiesa di S. Nicola in Dergano- gli dice dopo aver preso fiato.

Axel, che già stava mettendo in moto la macchina, si ferma e si gira di nuovo verso Lorenzo. -Sei sicuro? Non preferisci andare a casa?

-Ho un aspetto così terribile?- chiede Lorenzo.

-Sì.

-Portami in chiesa, per favore.

Lungo la strada Lorenzo pensa a Rita. L'ha scelta solo per un motivo: nel suo sito si descriveva come una psicanalista femminista. Agli esordi della sua nuova vita desiderava essere sfidato da qualcuno che gli rimproverasse costantemente la sua esistenza passata, per solo il fatto di incarnare il tipo di persona che precedentemente Lorenzo avrebbe evitato come la peste.

Lorenzo sorride. Finalmente l'analgesico inizia a fare effetto. O forse è il whisky, ma comunque sta succedendo qualcosa e Lorenzo si sente meglio.

Fuori inizia a piovere e l'acqua prende a scendere lungo i finestrini in rivoli tortuosi. Axel guida con prudenza lungo le strade che velocemente si riempiono di acqua, flagellate da uno dei primi temporali primaverili.

Lorenzo chiude gli occhi. Ricorda il giorno in cui ha assunto Axel. Aveva trascorso il pomeriggio cercando di selezionare una persona esperta e professionale di cui potersi fidare.

Axel era lontano anni luce dal tipo di profilo che Lorenzo stava cercando. A una prima occhiata non poteva vantare alcuna esperienza specifica. Il suo nome era Alessandro, ma invece di farsi chiamare Alex aveva scelto il soprannome di Axel, in onore di Axl Rose dei Guns 'n' Roses. Fin dall'adolescenza aveva cantato e suonato in band musicali che si esibivano nei locali, ma adesso aveva quasi quarant'anni ed era arrivato il momento di cercarsi un lavoro serio.

-Perché dovrei assumere te?- gli aveva chiesto Lorenzo, mettendo da parte il CV di Axel.

-Perché io so come gira il mondo.

-Ah, davvero?- aveva risposto Lorenzo alzandosi e prendendo la giacca.

-Sì- aveva risposto Axel, per niente intenzionato a cogliere il chiaro segnale di congedo da parte di Lorenzo. -Per esempio, le sue guardie del corpo sono un branco di imbecilli.

Lorenzo si era fermato e l'aveva osservato.

-Non sono altro che un gruppo mal assortito di piccoli criminali da strapazzo- aveva proseguito Axel. -Gliele hanno spacciate per sanguinari membri di una banda di tagliagole russe, ma è già tanto se non scappano davanti a un gatto.

A distanza di anni quelle parole si erano rivelate profetiche: a causa di quei cialtroni per poco non c'era rimasto secco.

Axel gli aveva sorriso.

-Sono qui perché ho una grande ammirazione per lei.

Lorenzo si era stretto nelle spalle. -Temo che resterà deluso: la mia *Fondazione* non si occupa di musica.

-Mi riferisco a ciò che ha fatto in passato.

Lorenzo era uscito dalla stanza senza una parola.

Per giorni aveva pensato a cosa volesse dire Axel con quell'ultima frase. Poteva suonare come una minaccia, come la premessa per un ricatto. Oppure poteva essere una dichiarazione di stima sincera.

In ogni caso Lorenzo non era più l'uomo di quel passato a cui Axel faceva riferimento. Anzi, più di tutto desiderava prenderne le distanze. Eppure Axel lo aveva incuriosito, per questo alla fine aveva deciso di dargli una possibilità.

Non se ne era mai pentito.

Nelle settimane trascorse dall'aggressione da parte di Piero, Axel è stata l'unica persona davvero devota a Lorenzo. L'unico a fargli visita quotidianamente, a rassicurarlo, a soddisfare ogni sua necessità.

Ora più che mai Lorenzo ha molta difficoltà a fidarsi di chi gli sta intorno, ma riconosce che Axel è la persona più prossima a ciò che si può definire un amico.

Alla fine è successo, pensa Robi seduta nella prima panca. Momi è di fianco a lei e le tiene la mano.

Robi lo sapeva dal primo momento. Quando la madre le aveva detto della diagnosi di cancro ovarico Robi aveva sentito un brivido freddo lungo la schiena. Sua madre era persino riuscita a scherzarci sopra, sciorinando statistiche benevole e citando cure all'avanguardia come si parla di una borsetta all'ultima moda.

-Stai tranquilla tesoro- le aveva detto. -Non si muore più di questo male. La medicina ha fatto progressi incredibili.

Robi deglutisce a vuoto per l'ennesima volta e sente di nuovo quello stesso brivido freddo lungo la schiena.

Il prete, che conosceva bene sua madre, sta dicendo cose molto belle, ma Robi sente solo qualche parola sparsa.

Alla sua destra, dall'altra parte della navata, c'è la zia di Robi insieme alla sua famiglia.

I bellissimi fiori che accompagnano la bara arrivano direttamente dal suo negozio. Robi conosce il nome di ogni singolo fiore, avendo aiutato la zia per qualche tempo prima di iniziare il lavoro nella ristorazione.

Ora le sembra passato un secolo da quei giorni. Com'era giovane e spensierata. Le sembrava di avere mille problemi, e invece adesso capisce che era felice. O qualcosa di simile.

La funzione termina e Momi le stringe la mano. Robi si riprende dai suoi pensieri e si alza per dirigersi verso l'altare. Sa che non piangerà nemmeno una lacrima mentre, in piedi davanti a quella che sembra una moltitudine di persone, ricorderà che persona speciale era sua madre.

Mentre apre davanti a sé il foglio con gli appunti si dice che nessuna parola potrà mai raccontare davvero chi era sua madre. E' tentata di lasciare perdere, ma poi vede sua zia disperata che singhiozza nel fazzoletto e prende fiato.

Alla fine piega il foglio e lo rimette in tasca. Era sicura che non avrebbe pianto, semplicemente perché è ubriaca fradicia, e in queste condizioni è già tanto se riesce a stare in piedi. Si appoggia al leggio e alza lo sguardo sui presenti. Ha un attimo di esitazione; Momi le sorride e le fa segno di tornare alla panca. Robi scende dall'altare e torna a sedersi, mentre la bara scivola lentamente verso l'uscita della chiesa.

Appena arrivato a casa Lorenzo si sfila le scarpe e la giacca. Lascia tutto sul pavimento dell'ingresso e si sdraia sul divano con tutta la cautela di cui è capace.

Gli fa male ovunque e gli gira la testa.

Chiude gli occhi e si massaggia le tempie con la mano destra. Quel maledetto di Piero gli ha fracassato la spalla sinistra, ed essendo lui mancino ha voluto dire renderlo praticamente invalido. Con la mano destra non riesce nemmeno a lavarsi i denti.

E' tornato a casa da due giorni, dopo settimane di ospedale e casa di cura. La riabilitazione durerà altre settimane, ma Lorenzo potrà svolgerla in *day hospital*.

Preferiva la casa di cura, dove si prendevano letteralmente cura di lui. Era servito e riverito, e non doveva pensare a niente.

Prende il telefono dalla tasca dei pantaloni e chiama il direttore della *Fondazione*. Dall'ospedale Lorenzo ha provveduto a tutte le deleghe e le procure che gli consentono di operare in autonomia. Lorenzo lo chiama solo per senso del dovere, perché della *Fondazione* non gliene importa più niente.

In *Fondazione* va tutto bene. Lorenzo non ne dubitava.

Dopo un paio di minuti durante i quali ha raccolto tutte le sue forze, Lorenzo si alza dal divano e va nello studio. Accende il PC e apre il programma di posta elettronica.

Le email sono diminuite drasticamente nel corso dell'ultimo mese. Lorenzo le scorre rapidamente, ma sa che il direttore della *Fondazione* se ne è già occupato.

Tra le email personali non lette c'è ancora quella di Nadia.

Lorenzo ci clicca sopra e la apre.

Lorenzo, questo è un messaggio di primaria importanza: domani mattina non devi uscire di casa. Per nessun motivo. Mi sono accorta solo adesso guardando il tuo oroscopo che è in corso una congiunzione astrale molto rara e molto negativa.

Lorenzo clicca su rispondi.

Cara Nadia, sei stata proprio tu a dirmi che difficilmente si può sfuggire al proprio destino… Grazie per avermi avvertito, ma gli eventi hanno fatto il loro corso. E comunque ti confermi sempre un'ottima astrologa.

Gli resta solo di chiamare Erni, che ha avuto tutto il tempo di raccogliere informazioni interessanti rispetto ad Angelica, ma adesso è davvero troppo stanco e decide di sdraiarsi sul letto, dove si addormenta in pochi secondi.

Robi è davanti alla finestra della cucina, la luce spenta. Fissa l'oscurità davanti a sé sperando che domani la giornata di oggi le sembrerà un sogno sbiadito.

Fatto sta che sua madre è morta. L'ha accompagnata fino al cimitero, dove è stata sepolta di fianco a suo padre.

Nella sua mente si avvicendano una serie di immagini in ordine casuale, immagini che Robi non dimenticherà mai. O forse sì, ma adesso le sembrano impresse a fuoco nel suo cervello. Tra queste immagini ci sono le persone sedute in chiesa; erano schierate davanti a lei mentre leggeva il commiato a sua madre e Robi le ha viste solo per un attimo prima di tornare a sedersi di fianco a Momi.

Però è sicura di cosa ha visto. Pur nella penombra della chiesa, pur con il tasso alcolico del suo sangue, pur con la mente annebbiata dal dolore della morte.

Scuote la testa.

Non ha nessuno con cui parlarne. O forse sì. In fondo lei e Momi sono state buone amiche. Forse può parlarne con lei.

Prende in mano il telefono, ma poi ha un ripensamento. Non sa perché, ma non ritiene prudente avere questo tipo di conversazione per telefono. Dopo aver vissuto mesi in un appartamento sorvegliato le è rimasta l'impressione di essere costantemente spiata. Sa che la sua è un'ossessione del tutto infondata, nondimeno decide di parlare con Momi di persona.

Manda un messaggio a Momi per accordarsi su dove e quando vedersi, quindi scorre le notifiche arrivate nelle ultime ore. Tra le condoglianze c'è anche un messaggio di Andrea.

Robi sospira e chiude il display.

5.

Lorenzo trascorre quasi tre giorni in uno stato di semi-inco-
scienza.

Ha il vago sentore che qualcuno l'abbia aiutato a mettersi in pigiama e ogni tanto gli porta cibo e medicine a letto,
ma non ne è certo. Potrebbe benissimo essere un sogno.

Il quarto giorno si sveglia; Axel è in piedi accanto a lui.
C'è anche una donna sulla cinquantina che Lorenzo non ha
mai visto prima.

-Lei è Irma- gli dice Axel.

Lorenzo le sorride.

-Hai avuto la febbre alta. Ho dovuto chiamare un medi-
co che ti voleva rispedire all'ospedale, ma tu hai urlato come
un pazzo e non c'è stato niente da fare.

-Ho urlato?- chiede Lorenzo.

-*Lasciatemi morire nel mio letto*, e variazioni su questo
tema.

-L'appartamento è insonorizzato- dice Lorenzo.

-Peccato. I vicini si sarebbero divertiti. Adesso devo andare. Ad ogni modo Irma è anche infermiera, quindi ti lascio
in ottime mani.

-Grazie.

-Comunque sappi che hai un aspetto di merda. Non so
mica se ho fatto bene a non farti andare in ospedale.

-Hai fatto bene.

Ci vuole un paio di giorni prima che Lorenzo sia in grado di alzarsi e riprendere una vita quasi normale. Per prima
cosa chiama Erni, che gli ha lasciato svariati messaggi sempre
più pressanti, chiedendogli di mettersi in contatto con lui il

prima possibile con il cellulare super criptato che gli ha preparato tempo fa, e che Lorenzo non ha mai avuto l'occasione di utilizzare.

Lorenzo non riesce a immaginare il motivo di tanta insistenza; conoscendo Erni non è un buon segno; lo chiama un pomeriggio di sole dalla sdraio del terrazzo.

Il resoconto che Erni gli fa rispetto su Angelica mette in luce non solo la malafede, ma anche una precisa premeditazione.

Prima di tutto Angelica non è mai stata una restauratrice. Ha studiato arte per un certo periodo. In quei pochi studi che ha fatto non è certo emersa come una studentessa modello. E' stata bocciata due volte al liceo e dopo un paio di esami ha lasciato l'università. Per anni ha lavorato in modo saltuario.

-Io sospetto che sia riuscita a farsi mantenere da uomini facoltosi ai quali propinava bugie colossali e dai quali spillava montagne di soldi- dice Erni.

-Non faccio fatica a crederlo- risponde Lorenzo sospirando.

-Penso di poter dire che il salto di qualità l'ha fatto quando ha incontrato lei. E' davvero passata a un livello - per così dire - pro.

-Che onore.

-Ha presente i follower sui social, gli articoli e le interviste, gli eventi? Tutto falso. Non ci sono tracce della sua presenza online. Semplicemente non esiste. E quel poco che esisteva è sparito.

-Cosa intendi di preciso? Che ne è del milione e mezzo di follower su Instagram.

-Non sono mai esistiti. Lei ha mai sfogliato il profilo Instagram di Angelica?

Lorenzo ci pensa su un attimo. -No. Non mi interessava minimamente. Ogni tanto lei mi mostrava il suo smartphone per farmi vedere che nell'ultima settimana aveva guadagnato qualche migliaio di follower. Potrei dire di aver dato un'occhiata veloce. Niente di più.

-Probabilmente non era un vero profilo Instagram, ma un'immagine confezionata con un programma di foto editing perché sembrasse una schermata di Instagram.

-Ma cosa sarebbe successo se io avessi deciso di seguirla su Instagram?- chiede Lorenzo.

-Le è mai venuto in mente di farlo?

-Mai. Non ho nemmeno un profilo Instagram.

-La truffa di Angelica si è retta su una scommessa: lei non avrebbe mai indagato le attività di Angelica.

-Perché avrei dovuto farlo? Cioè, adesso mi è chiaro che avrei dovuto, ma io non avevo alcun sospetto.

-Angelica è stata molto brava a creare un mondo virtuale dove recitava la parte della super influencer. Così brava da non suscitare il minimo dubbio.

-Incredibile- dice Lorenzo.

-Infatti. Anche se sarebbe bastato davvero poco per smascherarla. Credo che Angelica lo sapesse e non appena ne ha avuto l'occasione si è dileguata.

-Tutte le interviste che mi faceva leggere. I premi, i riconoscimenti, la stampa americana praticamente ai suoi piedi- elenca Lorenzo.

-Già. E' stata molto scaltra. Ha studiato tutto nei minimi dettagli.

Lorenzo sospira. Sono stato un fesso, pensa. -Grazie Erni. Sei stato molto efficiente, come sempre.

-Un attimo. Non ho finito. In realtà non ho ancora incominciato.

Lorenzo sente che Erni gira dei fogli e inizia ad allarmarsi. Sa che Erni scrive sulla carta solo informazioni riservate, che non affiderebbe ad alcun device elettronico.

-C'è qualcuno lì con lei che può ascoltare quello che mi sta dicendo?- chiede Erni.

Irma è appena andata via e non tornerà prima di qualche ora.

-Non c'è nessuno qui con me- lo rassicura Lorenzo.

-Che cosa ha portato via con sé Angelica?

Lorenzo cerca di alzarsi dalla sdraio, ma una fitta alla schiena lo fa desistere.

-Alcuni oggetti di valore- risponde con un filo di voce.

-Del tipo?

-Gioielli e un paio di pezzi da collezione- dice Lorenzo, che inizia a sudare. Ora capisce l'urgenza della telefonata e il ricorso al telefono criptato.

-Sono riuscito ad accedere ad alcune fonti altamente confidenziali- riprende Erni -secondo le quali Angelica ha portato via con sé anche un quadro di valore che risulta trafugato da diversi anni.

Lorenzo immagina che le fonti altamente confidenziali consistano nientemeno che nella polizia; per uno hacker come Erni entrare nei sistemi delle forze dell'ordine deve essere un passatempo.

Erni gira un paio di fogli. -Il quadro risulta essere l'*Harbor Scene* di un certo Willem van de Velde. Le dice qualcosa?

-Sì- ammette Lorenzo. E' inutile essere evasivi con Erni.

-Angelica sembra ricercata dall'*Interpol* perché ha tentato di mettere in vendita il quadro, ma l'ha fatto in modo davvero maldestro, con il risultato che adesso il quadro è riemerso dall'oblio e Angelica gira con una specie di bersaglio disegnato sulla schiena.

-Ha trovato un acquirente?

-No. E non penso che lo troverà. E' troppo rischioso.

-Certo.

-Le devo dire un'ultima cosa. Lei risulta attenzionato dalla polizia, perché c'è il sospetto che il quadro fosse suo.

-Sono già risaliti a me?

-A quanto pare sì: sanno della sua relazione con Angelica. Ci sono tutta una serie di acquisti a nome di Angelica pagati da lei e un conto bancario cointestato, tanto per cominciare.

Che ingenuo sono stato, pensa Lorenzo per la miliardesima volta.

-Inoltre Angelica non avrebbe mai potuto disporre di risorse economiche sufficienti per entrare in possesso di un quadro di quel valore, mentre lei è un uomo notoriamente molto facoltoso.

Lorenzo sente che Erni accende il trita documenti e gli dà in pasto i fogli con gli appunti che gli ha appena letto.

-Angelica è stata una vera volpe- conclude Erni. -Nonostante non abbia una vera e propria formazione in ambito artistico ha capito subito che l'*Harbor Scene* era un pezzo di valore. Immagino che abbia fatto qualche ricerca e abbia scoperto che si trattava di un quadro venduto sul mercato nero delle opere d'arte rubate. A quel punto ha pensato che se l'avesse a sua volta trafugato lei non avrebbe mai sporto denuncia.

Infatti pensa Lorenzo chiudendo la telefonata.

La seconda telefonata la fa a Axel.

-Ho bisogno che tu venda questo appartamento e tutto quello che c'è dentro. Nel frattempo trovamene un altro dove posso trasferirmi rapidamente.

-Quanto rapidamente?

-Il più presto possibile.

-Che tipo di posto hai in mente?

-Un buco squallido in una zona di merda andrà benissimo.

Robi incontra Momi in uno di quei locali dove di solito termina le serate. Con stupore di Robi è stata Momi a proporre quella soluzione, che si sarebbe detta poco confacente a una madre con una bambina piccola, sia per il posto che per l'orario.

E invece Momi sembra del tutto a suo agio. Non appena si siede ordina un gin tonic, mentre Robi si limita all'acqua tonica.

-Davvero?- chiede Momi incredula, cercando di sovrastare il frastuono della musica.

-Per ora va bene così- risponde Robi, che per oggi ha già bevuto abbastanza. -Devo dirti una cosa- esordisce non appena arrivano le ordinazioni.

-Anche io- dice Momi. -Ho lasciato Daniel.

-Ah.

-Robi, mi spiace che in questi ultimi tre anni ci siamo allontanate. E' colpa mia, e non c'entra Olivia. E' solo che la mia vita è cambiata così tanto in così poco tempo, e tutto a un tratto mi sono trovata sposata con un uomo che in un altro momento non avrei degnato di uno sguardo.

-Dov'è Olivia adesso?- chiede Robi.

-Con mia mamma. Viviamo da lei. Devo dire che è stata più comprensiva di quanto mi aspettassi. Da un certo punto di vista credo che mi preferisca donna divorziata con figlia piuttosto che madre nubile. Pensi che la cosa abbia un senso?

Robi annuisce.

-Ci sono logiche che non capirò mai.

Robi si stringe nelle spalle. -Hai salvato il tuo onore, e se il matrimonio non ha funzionato non è colpa tua- riassume Robi.

-Sai già tutto, vero? Te ne ha parlato mia mamma?

-Era in pensiero per te.

Robi non gli dice che occasionalmente ha chiesto a Andrea di pedinare Daniel per capire fino a che punto preoccuparsi per Momi.

-Lo so. Daniel non è certo un buon partito. Non è facile nascondere a tua madre il fatto che tuo marito non riesce a tenersi un lavoro e per giunta gioca tutti i soldi su cui riesce a mettere le mani. Alla fine sono io quella piena di debiti- dice finendo il gin tonic.

-Ti posso aiutare io- propone Robi.

-Non se ne parla neanche. Intanto voglio trovare il modo di spremere quello stronzo, poi deciderò.

-Beh, se hai bisogno di un posto dove stare, c'è la casa dei miei- butta lì Robi.

Momi scoppia a piangere. -Ma come ho fatto senza di te? Non avrò mai un'amica migliore. Sei un tesoro.

-Smetti di piangere. Ti cola tutto il trucco- dice Robi porgendole un pacchetto di fazzoletti di carta.

-Grazie.

Momi si soffia il naso.

-Al funerale di tua mamma mi sono accorta di quanto mi sei mancata.

-Anche tu mi sei mancata. A proposito del funerale: volevo proprio chiederti una cosa. Hai dato un'occhiata ai presenti?

-Sì. Sommariamente. Ma non conoscevo nessuno, a parte i tuoi parenti e Andrea.

Robi sospira.

-Lo so cosa mi vuoi dire, Robi.

-Davvero?

Momi le prende la mano. -Hai fatto una cosa giusta, perché era a fin di bene.

-Di cosa parli?

-Di Andrea. Lo so che non stavate insieme, ma lui recitava la parte del fidanzato modello a beneficio di tua mamma.

Robi annuisce.

-E' stato anche molto carino a essere presente al funerale. In fondo non era tenuto.

-Già- conferma Robi. -Però non è di Andrea che voglio parlare.

Momi lascia la mano dell'amica.

-In fondo alla chiesa mi è sembrato di vedere Lorenzo Corradini.

-Oh, Robi.

-Lo so. Anche io faccio fatica a crederlo, ma l'ho visto. Sono sicura. Tu sai che avevo bevuto, ma so cosa ho visto. Lorenzo Corradini era al funerale di mia mamma.

Momi scuote la testa. -Ho bisogno di un altro gin tonic. Ne vuoi uno anche tu?

-No. Momi, tu pensi che io sia ossessionata da quell'uomo. Forse è vero, ma ti assicuro che lui era al funerale. Non ho avuto un'allucinazione.

Momi sospira. -Ok. Devo dirti una cosa...

-Sei rimasta in contatto con lui.

-No! Robi, ma cosa stai dicendo?

-Vi vedete ancora.

-No. Robi, ragiona: ma ti sembra che nel casino in cui mi trovo, mi metto a frequentare un personaggio simile?

Robi si prende la testa tra le mani.

-Però è vero. Lorenzo era al funerale di tua mamma. L'ho visto anche io.

-Ne ero sicura.

-Era presente anche al funerale di tuo papà.

-Che cosa?

-E anche alla discussione delle tua tesi.

Robi scuote la testa.

-Perché non me lo hai detto?

-Non volevo farti preoccupare.

-Beh, grazie. Invece adesso sono tranquilla. Stanotte dormirò serena e beata. Ma come ho fatto a non vederlo, le altre volte?

-Eri giustamente presa da altro. E poi le altre volte è stato più prudente.

Robi riflette qualche secondo. -Momi, sei sicura di non avergli detto tu dei funerali e della mia tesi?

-Robi, mi devi credere. Non ho più avuto contatti con lui dai tempi del grande fratello. Te lo giuro.

-E allora come ha fatto a saperlo?

6.

Lorenzo finalmente si sente meglio.

Il braccio sinistro non ha ancora ripreso la sua piena funzionalità, ma Lorenzo sta seguendo un percorso di fisioterapia altamente personalizzato e presto risolverà anche questo problema.

Ha trascorso dieci giorni in una spa in Svizzera e ogni sera si fa portare a casa una cena completa preparata nei migliori ristoranti di Milano.

Irma passa un paio di giorni la settimana insieme a due ragazze. Puliscono, lavano e stirano con una rapidità e un'efficienza senza eguali.

Ecco a cosa servono i soldi pensa Lorenzo, spiaggiato su una delle sdraio del terrazzo, uno spritz di mezzo litro a portata di mano.

Poi però è costretto a riconoscere che la solita, vecchia noia è sempre pronta ad aggredirlo alle spalle. Sente che gli fiata sul collo come un animale affamato.

Da quando ha lasciato le redini della *Fondazione* in mano al consiglio di amministrazione passa le giornate a darsi uno scopo, ma raramente trova qualcosa di davvero stimolante.

Ecco una cosa che i soldi non possono comprare, si dice Lorenzo, succhiando lo spritz dalla cannuccia. La voglia di vivere.

Quella sera cerca nell'armadio i capi più dimessi di cui dispone ed esce, come ai vecchi tempi, quando seguiva Robi nei locali, o andava a cercare le sue prostitute preferite.

Maledetta Rita, pensa in ascensore, perché niente è più lo stesso da quando va da lei. Ogni volta che pensa al Lorenzo di una volta sente su di sé il peso del giudizio di Rita. Di cui non gliene importa niente, ma comunque...

Fuori è già buio. Lorenzo sale sul primo autobus che passa e si lascia portare lungo le strade di una città per la quale nutre una profonda indifferenza.

Al capolinea scende e prosegue a piedi. Dopo qualche centinaio di metri nota l'insegna di un ristorante cinese. Si dice che dopo una serie di cene firmate è arrivato il momento di alternare con della cucina etnica anonima e probabilmente di qualità modesta.

Si siede al tavolo e ordina un menù completo. Non sa nemmeno cosa ha ordinato, quindi resta stupito nel constatare la qualità dei piatti, che alla fine sono di suo gusto.

Si guarda intorno con più attenzione e scopre che il locale in fondo gli piace. Nota che ci sono molti cinesi e pochi occidentali, e che l'arredamento non fa niente per impressionare i clienti; anzi, è di una piattezza desolante.

In un angolo c'è persino un televisore che trasmette una vecchia telenovela. A giudicare dai modelli delle autovetture deve risalire almeno a trent'anni prima. I dialoghi sono in lingua originale sottotitolati in cinese. Lorenzo ne è ipnotizzato e stacca gli occhi dallo schermo solo per dare un'occhiata a cosa sta mettendo in bocca.

A un certo punto l'azione si sposta all'interno di un appartamento. A Lorenzo sembra di entrare nell'appartamento dei suoi genitori: mobili massicci e scuri, una vetrina con suppellettili di dubbio gusto, un minibar conico montato su rotelle carico di bottiglie dozzinali, i candelabri in peltro con le candele ritorte sopra un buffet chilometrico.

E poi arriva lui: l'arazzo. Lorenzo posa i bastoncini di legno e strizza gli occhi per vedere meglio. E' incredibile: non solo l'appartamento potrebbe benissimo essere quello in cui ha trascorso l'infanzia e l'adolescenza, ma l'arazzo é simile - se non identico - a quello della casa dei suoi.

Sono secoli che non pensa a quell'arazzo. Anzi, l'aveva proprio dimenticato. E invece eccolo lì: montato su una cornice che sembra essere vicina ai due metri per uno, rappresenta una scena bucolica in stile barocco nella quale alcuni giovani sono intenti a suonare, parlare e corteggiarsi.

Roba da non credere, pensa Lorenzo. Sono vissuto per anni in un posto che poteva benissimo essere la location di una telenovela sudamericana.

Riprende a mangiare, perché adesso l'azione si è spostata in un altro luogo, ma non stacca gli occhi dallo schermo.

Momi ha ragione: Robi è ossessionata da Lorenzo. Sul PC ha impostato un Google Alert per ricevere in modo tempestivo qualsiasi notizia lo riguardi.

Sa della *Fondazione Le Muse*, della quale ha seguito l'evoluzione nel corso degli anni; sa dell'aggressione a Lorenzo subita da un ex socio; e sa di Angelica, anche se molto poco. Questo è piuttosto sospetto. Le sembrava di aver capito che Angelica fosse un'influencer di grido, ma non ha mai trovato niente a sostegno di tanta fama, e adesso sa solo che lei e Lorenzo si sono separati.

Spulcia tra i siti online, ma non trova niente di interessante.

Dal punto di vista della presenza online Lorenzo è come lei: praticamente non esiste, se non per quanto riguarda la sua carica di Presidente della *Fondazione* e i recenti fatti di cronaca.

E' davvero difficile scoprire qualcosa su di lui, ma Robi si sente braccata e ha bisogno di acquisire un minimo di controllo sulla situazione.

Sospira e alza gli occhi al cielo, perché le viene in mente un solo modo di andare a fondo della vita personale di Lorenzo, sempre che sia possibile, ed è coinvolgere Paoletta.

Paoletta ha fatto carriera dai tempi in cui raccontava del grande fratello fai-da-te riferendosi a Lorenzo come all'uomo nell'ombra.

Che fantasia, pensa Robi. Che spessore giornalistico. Sta di fatto che con il suo stile Paoletta ha conquistato migliaia di lettori e lettrici - più lettrici, immagina Robi - che seguono assiduamente il suo blog *Spietta*.

Robi lo apre, scorre rapidamente le notizie, e alla fine deve ammettere che Paoletta ci sa fare. Nonostante il suo scetticismo Robi non è riuscita a fare a meno di cliccare sui link per approfondire un paio di notizie - chiamiamole così - che hanno attirato la sua attenzione.

Tra i vari link della sezione contatti c'è anche *Scrivi a Paoletta*; Robi immagina che i contenuti più piccanti finiscano nella rubrica La posta di Paoletta. Si impone di non seguire quel link.

Chiude il sito e torna al lavoro. In sala tutto è pronto per il flusso di avventori dell'ora di pranzo. Si fa preparare un caffè da Joy e lo consuma in piedi al bancone del bar, mentre scruta le macchine parcheggiate lungo la via attraverso la vetrata panoramica.

Deve smettere di essere così paranoica, si ripete.

Eppure Lorenzo la impensierisce. E anche Andrea, che in quel momento sta varcando la soglia del locale.

Per due giorni Lorenzo chiama insistentemente sua madre.

-Tesoro stai bene?- gli chiede quando finalmente si decide a rispondere al telefono.

Tesoro? -Sì mamma, sto bene.

-Meno male caro, perché forse non te lo avevo detto, ma sono in montagna. Non ti spiace, vero? Ti serve la casa? Nel caso torno subito a Milano.

-No. Puoi stare in montagna quanto vuoi.

-Ehm... ancora un mesetto?

-Anche fino alla fine dell'estate, se vuoi.

-Come sei caro. Hai detto che stai bene?

-Sì, sto bene. Ci vediamo quando torni.

Lorenzo chiude la telefonata. Perfetto, pensa.

Prende le chiavi dell'appartamento di piazza Cavour dove vive la madre. Decide di fare due passi, e meno di mezz'ora più tardi entra nel palazzo e saluta il concierge.

-Salgo da mia madre.

-La signora non è in casa.

-Lo so- dice Lorenzo infilando l'ascensore.

L'appartamento è più o meno come quando lo ha lasciato lui all'epoca della separazione da sua moglie. Lo stile è impeccabile, e Lorenzo pensa che non sfigurerebbe in qualche rivista di arredamento, ma il solo pensiero lo innervosisce. La truffa che ha subito da Angelica non lo fa dormire.

Per sua madre deve essere stato un salto epocale passare dall'appartamento squallido della sua vita coniugale a quella specie di reggia.

Lorenzo si guarda intorno e sospira. Non troverà mai quello che cerca, sempre che esista ancora.

Poi ha un'intuizione e scende in cantina.

Per quanto ampia la cantina è stipata di una quantità inverosimile di scatole e cartoni. Sua madre ha lasciato molte cose dietro di sé, ma non è riuscita a separarsi da tutto. E' incredibile la difficoltà di gettarsi il passato alle spalle; per quanto triste e doloroso - oppure estremamente ordinario e noioso, come nel caso del passato di sua madre - non riusciamo a liberarcene così facilmente. Altrimenti non si spiega il motivo per cui sua madre abbia conservato lettere, cartoline, quaderni, libri pieni di biglietti, vestiti passati di moda da decenni, gomitoli di lana, giochi di quando lui e le sorelle erano bambini. Lorenzo apre scatole su scatole. Mentre i suoi vestiti si coprono di polvere cerca di non pensare ai ricordi che tutte quelle cose portano a galla.

Alla fine la trova: una scatola piena zeppa di fotografie. Se la portasse via con sé sua madre non se accorgerebbe mai, ma lui non saprebbe cosa farsene. Passa rapidamente in rassegna le foto e mette da parte quelle che gli interessano; alla fine le infila in tasca e torna a casa sua.

In cucina scruta le fotografie con una lente di ingrandimento: nella maggior parte delle foto scattate nel soggiorno della casa dei suoi genitori compare l'arazzo. Gli sembra esattamente come quello della telenovela: un arazzo in tela ricamata.

Prende il telefono e chiama Erni.

-Ho bisogno che tu faccia una ricerca per me. Ti mando tutto per email.

Riprende in mano le foto e le riguarda una a una. Vede se stesso da bambino e prova una pena immensa. Strizzato in vestiti troppo piccoli per la sua taglia, gli occhiali rotondi e uno sguardo spento; gli sembra di sentire l'odore di nicotina delle sigarette fumate senza sosta dal padre, mischiato al profumo della cera per il legno che sua madre stendeva senza sosta, quasi a voler nobilitare quei mobili dozzinali, gli unici che suo padre si era potuto permettere con il suo stipendio.

La sua smania di riscatto la deve tutta a sua madre. Gli scoccia doverlo ammettere, ma è stata lei a trasmettergli il desiderio di emergere, di diventare ricco, di farsi rispettare.

7.

Momi è andata a vivere con Olivia in quella che era la casa dei genitori di Robi. Insieme raccolgono i vestiti della madre di Robi per portarli in parrocchia.

-Non vuoi tenere qualcosa? Tipo questo bellissimo cappotto- chiede Momi.

-No. Prendilo tu, se ti piace.

-Magari mi andasse bene. Tua madre era magrissima, come te d'altra parte.

Piegano ogni singolo capo con cura e lo mettono negli scatoloni.

-Stai pensando ancora a Lorenzo?

Robi non risponde. Preferisce non condividere il suo piano con Momi. Scuote la testa.

-Sto pensando ad Andrea- dice Robi per cambiare discorso. Avrebbe preferito non parlare a Momi di Andrea, ma ha bisogno di un argomento di conversazione.

-Lo sapevo che si sarebbe invaghito di te.

Robi sospira. -Io invece non lo avrei mai detto. L'altro giorno è venuto a cercarmi al *Flash* perché io non rispondevo più alle sue telefonate e ai suoi messaggi.

-Perché non rispondevi?

-Perché non me ne importa nulla di lui.

-Glielo hai detto?

-Certo che gliel'ho detto. L'ultima cosa che voglio è illuderlo. E' solo che proprio non mi interessa.

-Povero Andrea.

-Ma se nemmeno lo conosci.

-Sì, lo so, però è un bel ragazzo e con te è stato gentile. O no?

-Troppo gentile. Infatti un po' mi è dispiaciuto scaricarlo. Ma non posso certo uscire con un ragazzo solo perché è gentile.

Momi scuote la testa. -Se penso a tutti i tipi che ho frequentato, che non solo non mi piacevano, ma non erano nemmeno gentili. Non ultimo quel grande bastardo di Daniel.

-Come vanno le cose con lui?

-Ci stiamo separando. Lui non ha nulla in contrario; anzi, credo che sia sollevato quanto me. Anche se adesso non ha più la gallina da spennare.

-Ne avrà trovata un'altra.

-Hai ragione. Per forza, altrimenti farebbe più storie.

-Di quando ti sei indebitata a causa sua?

Momi sospira. -Dodicimila euro.

Lorenzo si è trasferito in un nuovo appartamento.

-Che zona di merda- commenta Axel mentre tiene aperta la portiera a Lorenzo. -Non so nemmeno dove mettere la macchina.

-Recupera un box nelle vicinanze- suggerisce Lorenzo.

-Come se non ci avessi già provato.

-E comunque me l'hai trovato tu, questo appartamento.

-Gli altri non ti piacevano. Cos'ha questo di tanto speciale?

-Niente. E' per questo che l'ho scelto.

Axel scuote la testa, sale in macchina e mette in moto.

Lorenzo ha deciso di tornare da Rita. Non è passato un solo giorno dall'ultima seduta in cui non gli sia venuto in mente qualcosa di cui parlare con lei.

Si è fatto un elenco mentale lunghissimo, ma nel momento in cui affonda nella poltrona è Rita a fornirgli uno spunto.

-Cosa ha fatto in queste settimane? E' riuscito a realizzare il suo proposito?- gli chiede.

Lorenzo la guarda perplesso.

-Si ricorda che cosa mi ha detto l'ultima volta in cui ci siamo visti?

Lorenzo ha un vuoto di memoria. Ricorda vagamente di essere uscito dallo studio di Rita contrariato, e di aver preso la solenne decisione di non farvi più ritorno. Ma perché? si chiede. Cos'è successo? Che cosa cavolo ho detto?

Si schiarisce la voce.

-Non stavo molto bene quel pomeriggio- dice infine.

-Lo so. Aveva anche particolarmente fretta di andare via.

Lorenzo annuisce. -Dovevo andare a un funerale.

-Qualcuno a cui teneva in modo particolare?

Lorenzo guarda fuori dalla finestra. -Una persona che nemmeno conoscevo.

-Va spesso a funerali di persone che non conosce?

-Questo è il secondo- ammette Lorenzo, pensando al funerale del padre di Robi.

-Se non conosceva i due defunti avrà però conosciuto qualcuno di vivo al quale la sua presenza avrà fatto piacere.

Lorenzo si mette a ridere. -Quante cose non sa me- le dice. -E comunque no: sono sicuro che la mia presenza non ha fatto piacere proprio a nessuno.

-Perché ci è andato, allora?

Lorenzo ci pensa un po' su. -Per me. Avevo bisogno di rivedere una persona a cui - diciamo così - sono affezionato.

-Che conosce bene?

-Quasi per niente, per la verità.

-L'ultima volta che ci siamo visti mi ha detto, vediamo un po'... - Rita si mette gli occhiali e consulta i suoi appunti.

Lorenzo sorride. *Che attrice*, pensa. *Sa a memoria che cosa ho detto, ma finge che sia una cosa di poco conto, che ha bisogno di rileggere perché altrimenti non se la ricorderebbe.*

-*Voglio tornare a essere lo stronzo di una volta.*

Rita si toglie gli occhiali. -Si ricorda di aver detto questa frase?

Lorenzo si massaggia la fronte e deglutisce.

-No. Però riconosco il mio stile e devo dire che del tutto plausibile che io abbia detto una cosa del genere.

-Ha detto anche... - Rita si rimette gli occhiali e sfoglia gli appunti. -*Voglio tornare a fregarmene di tutti quanti, nessuno escluso.*

Lorenzo annuisce.

-Anche qui ci mi ritrovo. E' più o meno quello che sto facendo, sì.

Rita si sfila gli occhiali.

-Quindi sta mettendo in pratica questo proposito, che tra l'altro non si ricordava nemmeno di aver espresso a parole.

-Sì, decisamente.

-Sta tornando lo stronzo di una volta, che se ne frega di tutti?

-Proprio così, esatto.

-Uno stronzo che, ancora convalescente e in precarie condizioni di salute, va al funerale di un defunto che non conosce perché è affezionato a una persona che a sua volta conosce appena.

-Mi sta tornando il mal di testa- dice Lorenzo, massaggiandosi le tempie.

Lorenzo si fa riportare a casa e congeda Axel.

Non sta combinando niente, e questo lo mette di cattivo umore. Di questo passo tornerà a marcire sul divano, aspettando solo di uscire per fingere di andare a fare la spesa.

Controlla i messaggi per la millesima volta nell'ultima ora; tutto tace intorno a lui, per questo è sorpreso di trovare una notifica. Apre il messaggio che arriva da un numero privato. "915, 156 - 45.47426772592797, 9.175128625763739 - q+mO28/t+LRiv54nYFG6JQC0lrLzty5HxPntjTWVX4g="

Lorenzo alza gli occhi al cielo.

Sta per cancellare il messaggio quando ha un ripensamento. Lo invia a Erni chiedendogli se per caso quella sfilza di numeri e lettere gli dice qualcosa.

Preme invio. Erni starà pensando che sia impazzito. Prima gli chiede di cercargli in rete un arazzo di dubbio gusto e di valore irrisorio e adesso gli inoltra un SMS privo di alcun significato.

La sua paranoia sta raggiungendo livelli preoccupanti.

Aggiunge questo tema all'elenco infinito di cose delle quali deve parlare a Rita.

Apre un pacchetto di patatine e si versa del vino bianco. Dal giorno in cui Angelica se ne è andata e Piero gli ha sparato Lorenzo ha rimesso su almeno cinque chili.

Chi se ne frega, si dice sedendosi sul divano e mordendo una patatina.

In quel momento Lorenzo sente la tipica vibrazione di un telefono silenziato, ma il suo non sta suonando. E' accanto a lui sul divano, il display spento.

Poi si ricorda del telefono criptato.

Non può che essere Erni. La voglia di patatine gli passa all'istante.

Si alza e lo recupe il secondo telefono dal tavolo dell'ingresso.

-Avrebbe dovuto inviarmi il messaggio sul telefono criptato- esordisce Erni.

-E perché mai?- chiede Lorenzo. -Adesso non mi dire, per favore, che quel messaggio ha un senso.

-Certo che ce l'ha.

-Lo stavo buttando via.

-Ha fatto bene a girarmelo. Ora però lo deve cancellare.

-Adesso?

-Subito.

Lorenzo va in soggiorno, elimina il messaggio e svuota la cache del telefono prima che sia Erni a dirglielo.

-Allora- riprende Erni. -Il messaggio è composto da due parti: i numeri indicano un'ora, una data e un posto. Le nove e un quarto del quindici giugno presso la biblioteca pubblica del Parco Sempione. Le lettere dicono: quadro del porto.

Lorenzo sospira. Di colpo rimpiange la noia di poco fa; in fondo stava così bene.

-Ovviamente non mi sai dire chi me lo ha mandato?

-No. Ci sto lavorando, però le posso dire che chi le ha scritto è un cialtrone. Il messaggio è stato molto facile da decifrare. Oh, ecco che mi è comparso il numero del chiamante. E' intestato a un certo Lukas Bergot.

-Grazie Erni.

-Le devo dire un'altra cosa. Le ho inviato un'email con un link. Dovrebbe dargli un'occhiata quanto prima. E' una questione piuttosto urgente. Poi ne riparliamo...- conclude Erni facendo un chiaro riferimento al telefono criptato.

Lorenzo chiude la telefonata e apre l'email di Erni. Clicca sul link e finisce sul sito *Spietta*.

Non avrebbe mai detto che una persona come Erni leggesse blog di questo tipo. Un attimo dopo però capisce perché gli ha inviato il link.

Al centro dell'home page campeggia la scritta a caratteri cubitali: *"Finalmente l'uomo nell'ombra ha un nome e un cognome"*.

Chi di voi mi segue da tempo sa che io non ho mai abbandonato la speranza di scoprire chi si nasconde dietro all'uomo nell'ombra. Vi ricorderete la vicenda del grande fratello fai-da-te: un misterioso personaggio ha messo a disposizione un appartamento a titolo totalmente gratuito, a condizione che l'inquilina si facesse riprendere h24.

A distanza di anni la mia perseveranza è stata premiata e oggi vi posso dire di essere a conoscenza dell'identità di questo individuo. Una fonte anonima infatti mi ha recentemente fornito questa informazione, mediante la quale sono stata in grado di ricostruire il passato più recente di quest'uomo.

Ciò che ho scoperto consente di trarre una conclusione: anche le persone all'apparenza losche e laide nascondono dentro di sé un cuore d'oro.

Negli ultimi anni il nostro uomo ha avviato un'attività filantropica, mediante la quale ha aiutato centinaia di persone. La sorte non è stata però benevola con lui e poco tempo fa ha subito un grave attentato alla sua incolumità, dal quale si è salvato solo per caso.

Non solo: ha perso anche il grande amore della sua vita; una donna altrettanto misteriosa l'ha abbandonato senza lasciare tracce, portando con sé un oggetto di grande valore.

Nei prossimi giorni andremo a fondo di questa storia. Saprete tutto dell'uomo nell'ombra: la sua identità, il suo passato torbido, la sua nuova vita, la donna che lo ha sedotto e tradito.

Ci sono tutti gli ingredienti per una grande storia e la vostra Paoletta, come sempre, non vi deluderà.

A Lorenzo sembra di tornare indietro di cinque anni, quando una mattina si è ritrovato a leggere un articolo che parlava di lui e del suo grande fratello fai-da-te. Anche l'autrice è la stessa, e sicuramente anche la fonte. Non ha dubbi infatti che sia stata Roberta a farsi viva con Paoletta per svelare l'identità dell'uomo nell'ombra.

In realtà è stupefacente che il suo nome non sia saltato fuori prima. Roberta e Monica non l'hanno mai condiviso con nessuno per tutto questo tempo.

Perché Roberta si è decisa a parlare di lui proprio adesso? E come è stato possibile che lui non abbia intercettato alcuna conversazione tra Roberta e Paoletta?

Ha ragione Axel: si è esposto troppo; Roberta deve aver capito di avere il telefono sotto controllo e ha voluto mandargli un avvertimento.

Lorenzo si massaggia la testa. Con tutte le oche che poteva scegliere di infilare in quel maledetto appartamento super sorvegliato, doveva andare a prendere proprio l'unica persona intelligente?

Con le donne è sempre stato sfortunato, e questa ne è l'ennesima conferma.

8.

Robi ha cambiato il giorno in cui va al cimitero; non è più la domenica pomeriggio, ma è diventato il sabato mattina. La domenica è un giorno troppo triste e le ricorda tutte le domeniche pomeriggio in cui vi si è recata con sua madre.

Parcheggia e scende dall'auto. Come al solito compera dei fiori al chiosco accanto all'ingresso e si avventura lungo i vialetti. Già da una certa distanza nota una persona in piedi accanto alla tomba, una persona che che non può essere altri che Andrea. Sospira e allunga il passo.

-Cosa ci fai qui?

-Ciao Robi. Sono venuto a trovare tua madre.

-Perché?

-Come perché? Perché la conoscevo.

-Andrea, devi smetterla di starmi dietro. Queste tue manovre sono del tutto inutili.

-Guarda che io non sono venuto qui pensando di poterti incontrare. Ho evitato la domenica pomeriggio proprio per non trovarmi in una situazione di questo tipo.

Robi abbassa gli occhi sulla foto di sua madre e scuote la testa.

-Cambierò di nuovo giorno. E adesso scusami, vado dai miei nonni.

Robi resta ad ascoltare il rumore dei passi di Andrea che si allontana, quindi toglie i fiori ormai vecchi e infila nel vaso quelli nuovi, versando nel vaso un po' di acqua da una bottiglietta di plastica.

Vorrebbe potersi sedere sul bordo di marmo della tomba e rimanere lì un tempo indefinito, illimitato. Si scuote dal torpore e torna alla macchina.

Per fortuna adesso va al lavoro, altrimenti oggi sarebbe una di quelle giornate che trascorrerebbe completamente ubriaca.

Sta per mettere in moto quando le arriva un messaggio da Momi. Prende in mano il telefono e si acciglia: deve essere successo qualcosa di serio, perché Momi le chiede di andare subito da lei.

Robi getta il telefono sul sedile del passeggero e sta di nuovo per mettere in moto, quando sente bussare sul finestrino.

Sussulta spaventata, poi vede che è Andrea.

Abbassa il finestrino.

-Scusami per prima, Robi. Lo so che stai passando un brutto momento.

Robi annuisce.

-Scusami tu. Immagino di non avere l'esclusiva sulle visite alla tomba dei miei genitori.

-Lo so che potresti arrabbiarti di nuovo, ma ti ho preso questa. Magari ti fa un po' di compagnia.

Andrea le passa una pianta di begonie dal finestrino.

-Grazie Andrea- gli dice, ma lui se ne è già andato.

Momi la sta aspettando sulla porta con un biglietto in mano dove ha scritto a penna: *spegni il telefono*.

Robi segue le istruzioni dell'amica, che nel frattempo ha preso in mano il telecomando e ha acceso la televisione a un volume assordante.

-Avevi ragione tu- le dice sopra il frastuono del televisore. -Lui sente tutto quello che ci diciamo.

-Come fai a darlo con tanta sicurezza? E poi perché tieni la tele così alta?

-Non hai mai visto i film di spionaggio?- chiede Momi.

Fa segno a Robi di sedersi e prende in mano una scatola di latta.

-E' arrivata questa mattina in un pacco senza mittente.

-E' una scatola di biscotti- constata Robi.

Momi la apre e mostra a Robi il contenuto: dentro la scatola c'è una mazzetta di soldi legata con un elastico.

-Indovina un po? Sono esattamente dodicimila euro.

-Allora signor Corradini, si ricordi che dobbiamo ragionare come se questa fosse una trappola, perché di fatto si configura come tale.

Ernie e Lorenzo sono seduti in macchina, a pochi metri dall'ingresso del Parco Sempione. Axel è al posto di guida che segue la conversazione e lancia occhiate furtive tutto intorno.

Erni mostra a Lorenzo uno mappa del parco.

-Questi pallini rossi sono le cam. Ce ne sono moltissime, quindi lei deve stare molto attento a non entrare nel loro raggio di azione. E comunque non si tolga mai il cappello.

Erni indica un edificio.

-Questa è la biblioteca, ma è chiusa fino alle dieci. Qui le telecamere sono particolarmente numerose. Lukas intende fare in modo che lei si esponga, in modo da avere in futuro prove del vostro incontro da usare contro di lei. Quindi stia lontano dalla biblioteca.

-Va bene.

-Secondo me Lukas la sta aspettando in un punto cieco. Potrebbe essere uno di questi due- dice Erni indicando un paio di pallini verdi.

-Comunque non ti devi preoccupare, Lori. Là fuori ci sono due dei nostri- cerca di rassicurarlo Axel.

-Non so mica se questo mi fa stare più tranquillo.

-Adesso deve andare. E' ora. Io registrerò tutto ciò che direte.

Lorenzo sospira ed esce dalla macchina. Entra nel parco e segue le indicazioni di Erni, ma in prossimità dei due punti ciechi non c'è anima viva.

Sono quasi le nove e mezza. Lorenzo decide di aspettare ancora qualche minuto. Cercando di tenersi fuori dall'area di azione delle cam si dirige verso una panchina.

A circa cinquanta metri da lui ci sono le due guardie del corpo. Una legge il giornale e l'altra finge di parlare al telefono.

Sulla panchina accanto c'è un uomo sdraiato che dorme. Un esemplare di quelli che una volta venivano chiamati barboni e che invece adesso vanno indicati con il termine di senza dimora.

Come se le parole potessero cambiare la sostanza delle cose. Più vive in questo mondo, meno gli piace, tanto è intriso di ipocrisia e perbenismo.

Poi pensa anche che se non fosse stato per il suo straordinario talento matematico unito alla propensione alla truffa, Lorenzo avrebbe potuto benissimo essere lui stesso un senza dimora. E non è ancora detta l'ultima parola, perché non si sa mai cosa può succedere nella vita.

Mentre si abbandona a queste riflessioni esistenziali, con la coda dell'occhio vede che l'uomo si toglie il cappello dal volto e si mette seduto.

-Buongiorno Lorenzo- gli dice.

Lorenzo fatica a riconoscerlo. Quanti anni sono passati dall'ultima volta che si sono visti?

-Lukas. Pensavo non ti saresti fatto vivo.

-E invece eccomi qua. Mi sono scomodato di persona perché la faccenda, come puoi immaginare, è scottante. Io non capisco una cosa, Lorenzo: se volevi liberarti del porto perché non ti sei rivolto a me? Perché affidarsi a una cialtrona senza esperienza che in attimo si è messa nei casini e rischia di trascinare anche noi due?

Lorenzo si toglie il cappello e accavalla le gambe.

-Pensavo fossi più saggio- rincara Lukas. -Pensavo che fossi in grado di apprezzare la vera professionalità.

-Infatti l'apprezzo molto.

-Benissimo. Quindi adesso, per favore Lorenzo, prima che la situazione sfugga del tutto di mano, vuoi chiamare la tua amica e dirle di farsi da parte? Possiamo incontrarci; lei mi consegna il porto e io lo piazzo. Molto semplice.

Lorenzo gli sorride. -Vorrei tanto, ma non posso. Perché la mia amica mi ha rubato il quadro ed è scappata. E io non ho la più vaga idea di dove sia.

Lukas si acciglia e Lorenzo allarga le braccia.

Lukas si alza, si rimette il cappello e fa due passi verso Lorenzo, il quale vede le due guardie mettere da parte giornale e telefono, e dirigersi verso di loro. Fa loro segno di fermarsi.

-Tu la devi trovare- gli intima Lukas. -Altrimenti siamo nella merda.

-Ne sono consapevole, ma io non so dove sia.

-Lorenzo, non fare lo stupido con me. Ti conosco bene e so che non sei uno sprovveduto. Ti ho visto girare nel parco schivando le cam, e so che quei due tizi là dietro ti curano a vista. Scommetto che qualcuno dei tuoi sta ascoltando quello che ci diamo e probabilmente la nostra conversazione è registrata. Quindi non venirmi a dire che non sai come rintracciare una ladruncola da strapazzo. Con i mezzi a tua disposizione ti basta un quarto d'ora.

Lorenzo sa che Lukas ha ragione, ma per qualche motivo non ha la minima voglia di mettersi a cercare Angelica.

-I tempi sono cambiati, Lukas. Non sono più quello di una volta. Lei sarà anche stupida, ma è determinata e probabilmente sta facendo di tutto per non farsi trovare.

-Lorenzo, piantala di dire cazzate. Tu sei sempre il solito vecchio stronzo. Si nasce così, e lo si resta per tutta la vita. E sei anche una delle persone più intelligenti che conosco, anche se mi scoccia moltissimo doverlo ammettere. Sei sempre stato almeno un passo più avanti di tutti. Figuriamoci se non sei chilometri davanti alla tua amica. Quindi adesso per favore fai qualcosa, prima che finiamo tutti e due in guai seri.

Detto questo Lukas si aggiusta il cappello in testa e si dirige verso l'uscita, lanciando un cenno di saluto alle due guardie.

Lorenzo torna alla macchina e prende posto accanto a Erni.

-Lukas ha ragione riguardo ad Angelica- gli dice Erni. -Possiamo trovarla facilmente.

Lorenzo si stringe nelle spalle.

-E perché dovremmo scomodarci?

Robi aspetta Momi al *Flash*. Sono le tre e non c'è quasi nessuno.

Hanno circa mezz'ora di tempo perché poi Momi deve andare a prendere Olivia al nido.

Si assicurano di aver spento i telefoni, quindi escono dal retro e si dirigono verso la vicina chiesa.

Dentro ci sono solo un paio di persone intente a pregare nei pressi degli altari laterali.

Robi porge un sacchetto a Momi.

-Usa solo questo telefono. Dentro c'è già salvato il numero che devi usare quando mi chiami o mi mandi messaggi.

Momi annisce.

-Mi sembra di essere in un telefilm americano.

Robi sospira.

-Mi chiedo come abbia fatto a mettere sotto controllo il mio telefono. Deve essere riuscito a installare una di quelle app che spiano tutto quello che faccio.

-Non l'hai trovata, nel telefono?

-No. Dovrei ripristinare le condizioni di fabbrica, ma poi lui capirebbe che so. Preferisco lasciare le cose come sono.

Momi scuote la testa.

-Non mi sembra una buona idea.

-Perché?

-Probabilmente lui attraverso questa app può conoscere la tua posizione in qualunque momento.

-Lo so, ma per adesso lasciamo le cose come stanno.

E infatti Lorenzo sa sempre dove si trova Robi.

Da qualche mese la fa pedinare, soprattutto alla sera, quando chiude il locale e parte per le sue avventure alcoliche.

Axel è una specie di esperto della vita notturna di Robi.

-L'altra sera è rientrata alle quattro- gli dice mentre bevono una birra nella cucina di Lorenzo.

-Con chi ha passato la serata?

-Non lo so. Ogni volta è un tipo diverso. Ma non li porta mai a casa. Su questo mi sembra molto rigorosa.

-Ti sembra che si comporti in modo prudente?

Axel scuote la testa.

-Tende a bere molto. Questo potrebbe metterla in pericolo, se incontra il tipo sbagliato.

Axel finisce la birra. Trascura di dire che in un'occasione Robi si è seduta di fianco a lui al bancone del bar di un locale squallido di periferia.

Per un attimo ha pensato che lei avesse capito di essere seguita nelle sue escursioni notturne. Invece aveva solo voglia di parlare e bere. Bere molto.

-Come fa a guidare in quelle condizioni?- dice Axel.

-Dovrebbero toglierle la patente per sempre- risponde Lorenzo, finendo la sua birra. -Si vede ancora con il biondino?

-No. Però mi sembrava che lui si limitasse a recitare la parte del fidanzato modello.

-Però ci tiene a lei.

-Ah sì? Povero ragazzo. Non ha chance. Lei è completamente sbandata. Non so come faccia a reggere un posto di lavoro di tale responsabilità. Ha letteralmente una doppia vita.

-Il lavoro è l'unica cosa che la tiene centrata- dice Lorenzo, che di questi sbandamenti è un esperto indiscusso.

Apre il frigorifero e prende altre due birre. Le stappa e ne porge una a Axel.

-Facciamo così: stasera vengo con te.

-Lori, sei sicuro? Se ti riconosce?

-Rimaniamo fuori in macchina. Sono curioso di vedere che succede.

-Di solito non succede proprio niente.

Lorenzo non ha bisogno di controllare dove si trova Robi. Sa che la sua routine consiste nell'uscire dal *Flash*, che chiude intorno alle dieci. E dirigersi in un posto a caso tra tutti i locali aperti fino a notte fonda.

Attraverso il finestrino fumé Lorenzo vede Robi uscire dal locale insieme a un paio di colleghi. Chiudono la porta di ingresso e abbassano la saracinesca, quindi si salutano e ognuno va per la sua strada.

Robi prende la macchina e si dirige verso i Navigli.

Axel mette in moto e la segue.

-Credo che vada al *Cleopatra*. E' uno dei suoi preferiti. Non è male, tra l'altro. Un posto tutto sommato decoroso. Ci ho suonato diverse volte.

-Lo conosco- dice Lorenzo. Ogni tanto ci andava nelle sere in cui Angelica aveva altri impegni.

Robi parcheggia e scende dalla macchina, ma non entra nel locale. Si guarda intorno e alla fine si siede su un dissuasore di sosta.

Dopo circa un quarto d'ora arriva un taxi, dal quale scende Momi.

-Sei stato fortunato- dice Axel. -Oggi c'è anche la sua amica.

Lorenzo trova che Monica sia una forma smagliante, come ai vecchi tempi, quando lei e Robi si divertivano. O almeno ci provavano seriamente.

-Chissà perché a un certo punto della vita non riusciamo più a divertirci- dice Lorenzo.

-Secondo me ci si diverte sempre. Cambiano solo i modi.

-Sei un vero filosofo. Dovrei mollare la mia psicanalista e raccontare a te le miserie della mia vita.

-Tu sei il mio capo. Ti darei sempre ragione.

-Mi hai appena contraddetto- gli fa notare Lorenzo. Apre la portiera ed esce.

-Dove stai andando?- sibila Axel.

-Non possiamo farci una birra?

-No.

-Vedi che non mi dai sempre ragione- dice Lorenzo dirigendosi verso il *Cleopatra*.

Axel scende e gli afferra il braccio.

-Lori pensaci bene. Non possiamo entrare. Ci riconosceranno.

-Io non credo. Sono qua per svagarsi. Probabilmente Momi è da mesi che non esce la sera, tra la bambina e quel cretino di marito che si è trovata.

Axel scuote la testa e chiude la macchina.

-E poi se ci riconoscono pazienza. Essere qui tutti e quattro proprio questa sera può anche essere una semplice coincidenza, non trovi?

-Lori, ci sono dei precedenti. C'è il funerale della mamma di Robi. Ti hanno notato in chiesa.

Lorenzo allarga le braccia.

-Questo non toglie che stasera potremmo essere qui in virtù di una semplice coincidenza.

-Non riuscirò a farti cambiare idea, vero?

-No. Ed è colpa tua. Mi ha fatto venire voglia di divertirmi. Chissà che non trovi il modo.

Il locale è piuttosto affollato e questa sera c'è uno spettacolo di live music.

Il gestore si ricorda di Axel e gli indica un tavolo d'angolo dal quale si vede quasi tutta la sala.

-Ottima posizione, non trovi?- dice Lorenzo alla volta di Axel.

-Meravigliosa. Ideale per il nostro scopo, direi.

-Sei troppo preoccupato. Vedrai che andrà tutto bene.

-Tu sei pazzo. Sei la tipica persona che ama il rischio e tira la corda fino al limite.

-Vedi che saresti un ottimo sostituto della cara Rita? Non hai proprio niente da invidiarle.

-Lei è una donna.

Lorenzo ride.

-Forse anche tu avresti bisogno di una bella psicanalisi, in fondo.

Ordinano e tornano a scrutare la sala.

Questa sera c'è un duo che ripropone successi dance degli anni '80 e '90. Quando inizia *Always On My Mind* nella versione dei *Pet Shop Boys* qualcuno si azzarda a scendere in pista per ballare.

-Ecco le nostre due amiche. Piuttosto scatenate direi- commenta Axel, indicando Robi e Momi che saltano e si dimenano a tempo di musica.

-Non sarei dovuto venire qui- ammette Lorenzo.

-Io te lo avevo detto.

-Questa canzone mi fa salire la nostalgia. Ti ricordi cosa facevi nella tua vita quando è uscita?

-La cantavo.

-Giusto.

Verso l'una il locale inizia a svuotarsi.

-Andiamo- dice Lorenzo.

-Le lasciamo qua?- chiede Axel, indicando Robi e Momi.

-Non ci hanno notati fino ad ora. Non rischiamo oltre.

Escono dal locale.

Fuori c'è un gruppo di cinque giovani uomini che bevono birra e ridono sguaiatamente. Ogni tanto si scambiano delle frasi smozzicate con un volume di voce da svegliare tutto l'isolato.

-Come fanno a dormire da questi parti?- si chiede Axel.

-Non dormono- conclude Lorenzo.

Attraversano la strada e si dirigono verso la macchina. Axel fa scattare le serrature con il telecomando; in quel momento Robi e Momi escono dal *Cleopatra*.

-Ehi bellezze. Avete voglia di finire la serata con noi- urla uno degli uomini alla volta di Robi e Momi, mimando un movimento pelvico che non lascia spazio all'interpretazione.

-Piuttosto mi faccio suora- risponde Momi.

-Le suore sono le più troie, non lo sapevi?

-No. E credo che nemmeno tu sia un grande esperto.

-Vieni qui a farmi una pompa- grida un altro. -Così chiudi quella bocca da zitella acida.

Axel sospira.

-Dobbiamo intervenire?- chiede a Lorenzo, che scuote la testa.

-Taci tu, piuttosto, che l'unica pompa che conosci è quella della bicicletta- risponde Momi.

Lorenzo sorride.

-Ti stai divertendo?- gli chiede Axel incredulo.

-E' fantastica- dice Lorenzo, e scommette anche anche Robi sta pensando la stessa cosa.

Robi si avvia verso la macchina e Momi la segue, non prima di aver lanciato uno sguardo di fuoco ai suoi molestatori.

-E comunque c'hai due tette da spettacolo- dice un altro. -Cosa porti, la nona?

Tutti ridono a crepapelle.

Momi si gira.

-Guardati tu, coglione, che c'hai la nona di pancia- risponde, dove aver lanciato un'occhiata sprezzante alla camicia dell'uomo, tesa sull'addome come se stesse per esplodere.

L'uomo si avvicina e la prende il braccio.

Axel sta per andare in soccorso di Momi, ma Lorenzo lo ferma, perché per frattempo lei ha tirato un calcio nei genitali al suo aggressore di cui tutti gli uomini presenti avvertono il contraccolpo.

-Ne volete anche voi?- chiede Momi.

In quel momento si sente la sirena di una macchina della polizia avvicinarsi rapidamente.

-Mi sa che avete trovato qualcuno con cui finire la serata- dice Momi. -Contenti adesso?.

Si volta e raggiunge Robi.

Axel e Lorenzo salgono in macchina.

-Meno male che secondo te doveva essere una serata in cui non succedeva niente- commenta Lorenzo.

9.

Lorenzo ha definitivamente rinunciato a tutte le cariche all'interno della *Fondazione*.

Da oggi non ha più niente a che fare con *Le Muse*. Come dire che è di nuovo disoccupato, e come tale gli stanno già venendo idee tutt'altro che sagge.

La *Fondazione* lo faceva sentire utile e attivo. Adesso la sua mente ha iniziato di nuovo a correre in mille direzioni ad una velocità supersonica, e lui non riesce a tenerla ferma.

-Si chiama tachipsichia- gli dice Rita.

-Voi psico-gente avete dato un nome proprio a tutto, vero? Non succede mai che qualcuno entra qua dentro e dice qualcosa che lei non ha mai sentito?

Rita scuote la testa. -E' sempre più raro. Ma non è importante che io senta una certa cosa per la prima volta. E' importante che la pensi lei per la prima volta. E sia in grado di esprimerla a parole.

-Come si tengono fermi i pensieri?

-Con la meditazione.

-Non mi ci manca che quella.

Lorenzo guarda fuori dalla finestra.

-Ha notato che la storia premia sempre i buoni?- le chiede quindi. -I libri di storia sono pieni di eroi positivi che hanno fatto qualcosa di speciale nella vita. Ma non avrebbero mai potuto fare quella determinata cosa se non ci fossero stati i cattivi.

-Senza i cattivi non ci sarebbero i buoni- sintetizza Rita.

-Esatto. Senza un Giuda traditore non ci sarebbe stato un Gesù Cristo morto e risorto. Capisco il bisogno di avere figure positive di riferimento, ma il punto di vista dei cattivi non viene mai preso in considerazione.

-Alcuni cattivi diventano buoni- butta lì Rita.

-Certo, ma ho come l'impressione che si tratti di un fenomeno sovrastimato. Io, per esempio, non ho mai conosciuto uno della mia risma farsi una sana analisi di coscienza e diventare un esempio per la società. Non ho mai conosciuto, chessò, un San Paolo.

-Questa distinzione tra buoni e cattivi molto spesso è solo teorica, perché nella realtà la maggior parte delle persone è un insieme di pulsioni positive e negative.

-La maggior parte delle persone. Ma io non sento di fare parte di questa maggioranza.

-Lei ha costruito la sua identità intorno a un'opinione di sé molto negativa. E' come se avesse costantemente bisogno di confermarla, perché altrimenti teme di non sapere più chi lei è veramente.

-Infatti. Chi sono io veramente. E' possibile non averlo ancora capito?

-E' possibile.

-E' possibile che non arriverò mai a capirlo?

-E' possibile. Ma prima che lei pensi di essere arrivato a questa conclusione per primo, sappia che si tratta di un disagio molto comune.

-Perché continua a cercare di ricondurmi a una presunta normalità?

-Cosa intende per normalità?

-La maggioranza delle persone- dice Lorenzo, citando Rita stessa.

Lei sospira. -Da quando è entrato qua dentro la prima volta ho avuto la sensazione che lei volesse impressionarmi.

Non ha perso occasione di dimostrarmi quanto fosse misogino, omofobo, intollerante, sprezzante delle norme, asociale - se non sociopatico. Mi ha raccontato quella storia del grande fratello fai-da-te come un fulgido esempio di degrado e perversione, tra l'altro facendola passare come una specie di idea geniale - guarda un po', mai pensata prima - della quale avrebbe voluto poterne fare un format e ricavarne dei diritti di autore. Ha fatto un elenco - francamente noioso - di tutte le modalità che lei ha usato per fare soldi in modo disonesto e illegale. A un certo punto ho pensato persino che si aspettasse un voto da parte mia. O che dicessi qualcosa del tipo: lei è la persona peggiore che abbia mai messo piede qui dentro.

-Mi sta dicendo che non sono la persona peggiore che abbia mai messo piede qui dentro?

Rita sorride.

-Non è una gara. Non è che io ogni anno faccio una classifica dei pazienti migliori e peggiori.

-Volevo solo mettere le cose in chiaro. Non avrei mai voluto che lei si facesse delle illusioni su di me.

-Non mi faccio illusioni su nessuno, né esprimo giudizi. E tanto meno do risposte.

-E che cosa fa, allora?

-Ascolto. Ed è la stessa cosa che dovrebbe fare anche lei: ascoltare quello che dice, non solo quando parla con me, ma anche quando parla con gli altri.

Lorenzo allarga le braccia.

-Si accorgerà che dice sempre le stesse cose, solo in modi diversi- rincara Rita.

Lorenzo scuote la testa.

-Provi a pensarci. Che cosa dice ogni volta che parla con qualcuno?

Lorenzo deglutisce.

-Sono il migliore. E se non posso esserlo nel bene, lo sono nel male- le risponde a malincuore. -Comunque lei è una donna molto pericolosa. Dovrebbero radiarla dall'albo.

-Alla fine quella davvero pericolosa sono io- conclude Rita.

-Lei è una pessima persona- conferma Lorenzo annuendo.

Rita ride. -Sono riuscita a farmi quello che lei aspetta da anni che io dica a lei.

-Incredibile. Ogni volta io esco di qua con il mal di testa. E poi questa non è una gara! Comunque io resto della mia opinione. I cattivi dovrebbero avere un ruolo riconosciuto, nella storia. Si dovrebbe dire di noi: i migliori possono definirsi tali solo perché ci sono i peggiori che fanno da termine di paragone.

-L'alba esiste solo perché prima c'è la notte.

-Esatto. Dovremmo essere figure istituzionalizzate. Dovrebbe esserci un testo sacro che parla di noi. Qualcosa del tipo, non so: *il Vangelo secondo Giuda.*

Quando sale in macchina Axel passa a Lorenzo il telefono e gli dice di chiamare Erni.

-Ho cercato in rete l'arazzo al quale lei è interessato. La produzione di questo tipo di arazzi si colloca in un lasso di tempo che va più o meno dall'inizio del '900 agli anni '60. Si tratta di prodotti semi-artigianali; quelli più antichi sono ovviamente i più pregiati, mentre i più recenti hanno una fattura più industriale.

Lorenzo sente Erni cliccare ripetutamente.

-Ci sono in giro diversi esemplari di arazzi con scene bucoliche, di ambientazione barocca. Sono tutti messi in vendita da privati su marketplace che forniscono servizi di intermediazione alla vendita; i prezzi sono irrisori. Il soggetto al quale lei è interessato risale quasi sicuramente agli anni '60, ma non l'ho trovato in vendita da nessuna parte.

-Grazie Erni.

Lorenzo sa che se Erni non è riuscito a trovare l'arazzo in vendita non ci sono speranze.

A casa Lorenzo si sdraia sul divano e apre il display. Riguarda le foto con l'arazzo che ha inviato a Erni. E' davvero un prodotto mediocre e Lorenzo non si stupisce che le quotazioni siano così basse.

Eppure Lorenzo non vuole arrendersi. Deve esserci una possibilità di avere quel quadro.

Certo che c'è, pensa alzandosi dal divano.

E' davvero un idiota a non averci pensato prima. Apre la rubrica del telefono e chiama sua madre.

-Tesoro, grazie per avermi chiamata. Mi fa tanto piacere sentirti.

Sì certo, come no, pensa Lorenzo.

-E' una cosa urgente?- gli chiede. -Perché adesso sono impegnata a giocare a carte con le mie amiche. E sto vincendo.

-Sono contento per te. Ti chiamo per il quadro che avevamo in sala da pranzo. Te lo ricordi? L'arazzo.

-Ah sì. Vagamente.

-Che fine ha fatto?

-Beh, non saprei proprio. E' passato tanto tempo...

Lorenzo alza gli occhi al cielo. Saranno passati sì e no dieci anni, pensa, ma non dice niente.

-Mi spiace caro, ma non so proprio. Credo di averlo buttato via. Era un tale orrore, non trovi?

Lorenzo chiude la telefonata e va in cucina a prendere qualcosa da bere.

Quando torna sul divano il telefono sta suonando, ed è sua madre.

-Adesso mi sono ricordata- gli dice. -Il quadro l'ha voluto tua sorella.

-Quale delle due?

-Beh, adesso mi chiedi troppo. Una delle due. Non mi ricordo quale. E' già tanto che mi sia venuto in mente.

-Grazie mamma.

Lorenzo è di nuovo di buon umore. L'arazzo è ancora in giro e adesso lui sa anche dove è; più o meno, insomma. Non si tratta che di recuperarlo.

Mentre con una mano riprende in mano la bottiglia di whisky, con l'altra sfoglia le email.

Ce n'è una di Erni che lo invita a seguire un nuovo link al sito *Spietta*.

Il buonumore di Lorenzo svanisce nel breve lasso di tempo che gli serve per aprire il link.

Svita il tappo della bottiglia e butta giù un paio di sorsi, quindi si appresta a una lettura tutt'altro che piacevole.

Visioni private. Parla Samantha, in esclusiva per *Spietta*: *"Vi dico perché la mia vita non è più la stessa"*.

Molti di voi mi hanno scritto manifestando un grande interesse per la vicenda di Samantha (nome di fantasia), la coraggiosa ragazza che cinque anni fa ha accettato di trascorrere alcuni mesi nella casa del grande fratello fai-da-te. Oggi è una donna con un buon lavoro e una bella casa, ma dentro di lei è rimasto un grande vuoto.

"Quell'esperienza mi ha cambiata per sempre" ci confida. "Sento di non essere più la stessa; ho perso la fiducia negli altri e non riesco più ad avere una relazione stabile. Faccio fatica a dormire e la vita non ha più senso".

Samantha lascia intuire un'inclinazione all'abuso di sostanze, e solo grazie a una grande forza di volontà è in grado di condurre una vita tutto sommato regolare. Da poco ha rotto con il suo fidanzato, proprio perché incapace di conciliare i suoi fantasmi interiori con una relazione sana e appagante.

Ma c'è di più. "Da quando me ne sono andata dalla casa del grande fratello fai-da-te mi sento costantemente perseguitata" ci dice Samantha con un filo di voce. "Ho sempre l'impressione di essere seguita e la sera non esco quasi mai da sola. Non ho più amici e passo il mio tempo libero barricata in casa".

Se non abbiamo ancora pubblicato il nome dell'uomo nell'ombra è perché Samantha ne è letteralmente terrorizzata. Lei ha scoperto la sua identità e adesso vive con l'angoscia che lui possa mettere in atto delle ritorsioni nei suoi confronti.

Quando le chiediamo se teme che il suo telefono sia sotto controllo scoppia a piangere.

"Se avessi saputo che sarebbe finita così non avrei mai accettato di entrare in quell'appartamento" conclude in preda allo sconforto.

Quando cinque anni fa vi abbiamo raccontato questa storia per la prima volta non avremmo certo immaginato un epilogo così triste. La vicenda del grande fratello fai-da-te ci era sembrata il preludio a un grande amore. Invece ha imboccato il tunnel del dramma, in una spirale di degrado senza fine.

Non è detta però l'ultima parola. Samantha è ancora giovane e la sua vita è ancora ricca di potenzialità. Nei suoi occhi c'è ancora tanta speranza per il futuro e noi siamo sicuri che ce la metterà tutta per tornare ad essere la donna felice e serena di un tempo.

Iscrivetevi alla newsletter di Spietta per ricevere tutti gli aggiornamenti direttamente nella vostra casella di posta elettronica.

Lorenzo getta lo smartphone sul divano e scuote la testa.

Roba da matti dice a se stesso prendendo di nuovo in mano la bottiglia di whisky.

10.

A Lorenzo capita spesso di svegliarsi nel cuore della notte e di non riuscire più a dormire.

Adesso per esempio è sdraiato sul letto e fissa il soffitto. Nonostante l'ora, nella strada sotto la sua sua finestra c'è un certo trambusto. In una zona più centrale e quotata la chiamano movida; nel quartiere periferico e degradato dove vive ora si parla piuttosto di schiamazzi. Lorenzo non esclude che presto possano degenerare in rissa.

Nelle notti in cui giace insonne a letto pensa spesso a Snoopy. Non lo ha mai amato particolarmente, soprattutto perché vederlo sdraiato sulla sommità della sua cuccia gli ha sempre trasmesso un fastidioso senso di precarietà.

Ha sempre pensato che, nonostante la sua aria serafica e rilassata, Snoopy si trovasse in realtà in equilibrio assai delicato, in bilico sul tetto.

Si è sempre chiesto come facesse a non cadere da una parte o dall'altra.

Lui si sente esattamente così, sdraiato sullo spigolo di un tetto con il rischio di rotolare giù da un momento all'altro.

Il problema di quando ti svegli di notte e non riesci a dormire è che non puoi chiamare nessuno per fare quattro chiacchiere. Non puoi alzare il telefono e dire qualcosa del tipo: "Non ti sei mai chiesto come faccia Snoopy e non cadere dal tetto?".

Sposta il lenzuolo e si alza.

In altri momenti si sarebbe messo ad ascoltare le conversazioni di Roberta, ma lei ha scoperto di essere sorvegliata, quindi non ha più senso.

Per curiosità controlla dove si trova Roberta in questo momento. Sembrerebbe a casa, ma chi lo può dire con certezza? Potrebbe benissimo essere uscita senza smartphone; potrebbe persino averne un altro, per quanto ne sa.

Esce sul balcone e si accende una sigaretta. Ce ne ha messo di tempo per ricominciare a fumare, pensa succhiando avidamente il fumo attraverso il filtro; contempla la punta incandescente della sigaretta e dice addio in modo definitivo al periodo più salutista della sua vita: meglio essere autenticamente autodistruttivi che sfoggiare un sano regime alimentare come fosse uno status symbol qualunque.

Sotto di lui una manciata di ragazzotti in preda a deliri alcolici ha preso a cantare e spintonarsi. Uno di loro sfonda il finestrino di una macchina parcheggiata lungo il marciapiede; un altro si abbassa la cerniera dei pantaloni e orina nell'abitacolo attraverso il vetro rotto.

Ora le ha viste proprio tutte, pensa Lorenzo spegnendo la sigaretta sulla ringhiera di metallo. Rientra, si siede sul divano e accende la televisione, perché la probabilità di tornare a dormire sono davvero minime.

Gli ci vuole poco per capire che alla televisione non c'è niente di interessante - lo sapeva già, per la verità - quindi prende il telefono e chiama Axel. In fondo lavora per lui, e lui lo paga bene, quindi può permettersi di tirarlo giù dal letto nel cuore della notte solo per parlare di Snoopy.

Viene fuori che non solo Axel è sveglio, ma sta lavorando per lui.

-Sto cercando di capire come, ehm, recuperare l'arazzo- esordisce Axel.

-Ci sta pensando seriamente?

-Certo. Lo vuoi o no quel pezzo di stoffa di gusto discutibile ma di inestimabile valore affettivo?

-Se la metti in questi termini direi proprio che lo voglio.

-Bene. La cosa più semplice è chiamare l'attuale proprietaria e corrisponderle una cifra più o meno ragionevole perché lei te lo ceda.

-Questo lo possiamo escludere a priori. Con le mie sorelle non parlo da più di vent'anni.

-Lo immaginavo, infatti il tuo piano non include un intervento diretto da parte tua. Invece chiamiamo Lukas e gli diciamo che ci occupiamo noi di Angelica e del quadro del porto. Lui in cambio contatta le tue sorelle, si presenta come un celebre collezionista di opere d'arte e dice loro che l'arazzo è un pezzo di grande valore, tanto da essere disposto a pagare una cifra assolutamente folle per averlo.

-Folle quanto?

-Non so... centomila?

Lorenzo ci pensa su un attimo. -E come fa Lukas a sapere che una di loro ha l'arazzo?

-Ci potrebbe pensare Erni. Potrebbe lanciare un'esca su facebook, che le tue sorelle frequentano assiduamente, nell'auspicio che abbocchino.

-E cosa facciamo con Angelica?

-Erni la può individuare facilmente. La contattiamo e le offriamo una cifra ancora più folle per avere indietro il quadro del porto e chiudere per sempre la questione.

-Va bene. Procedete pure. Occupati tu di Angelica, però. Non voglio che si spaventi e scappi di nuovo con il quadro.

-Quanto le offro?

-Un milione, non trattabile. Prima però aspetta di avere in mano l'arazzo.

E' questo il vantaggio di essere ricco, pensa Lorenzo chiudendo la telefonata: potersi permettere di investire tempo, energie e denaro per qualcosa che non ne vale assolutamente la pena, come un vecchio arazzo divorato dalle tarme.

Vuol dire anche buttare un sacco di soldi per avere indietro un oggetto di cui non gliene importa nulla, pagando chi glielo ha rubato.

Tutto questo provoca a Lorenzo una grande soddisfazione, anche se lui per primo non saprebbe spiegarne il motivo.

Robi si sveglia di colpo, sicura di aver sentito un rumore.

Apre gli occhi; non si era sbagliata: dal corridoio arriva della luce. Richiude gli occhi perché si è ricordata di aver portato a casa un tizio la sera prima.

Sospira. Non si ricorda nemmeno il suo nome. Ora lo sente trafficare in cucina; spera solo che non stia cercando un coltello per ammazzarla. Immagina il pezzo che potrebbe pubblicare Paoletta sul suo blog, e quasi è contenta per lei.

Questo perché il livello attuale della sua sbornia è tale da rendere davvero difficile una lettura critica della realtà.

L'uomo in cucina si chiama Alex e adesso è al telefono con qualcuno. Non sente le parole esatte, ma il tono è di chi parla di lavoro. Meglio così, potrebbe persino essere gelosa nello scoprire che è al telefono con un'altra.

Però sono quasi le quattro e un po' le spiace per lui.

Era da un po' di tempo che Alex compariva nei vari locali che lei frequenta una volta finito il lavoro. All'inizio lo aveva ignorato, ma una sera in cui era con Momi l'avevano incrociato e Momi le aveva fatto presente che Alex cantava in una band che si esibiva nei locali notturni quando loro due avevano iniziato a uscire in compagnia diversi anni fa.

Non ricorda assolutamente che tipo di canzoni cantasse. Non usciva per ascoltare la musica, ma per bere e divertirsi con i suoi amici.

Col tempo Robi aveva iniziato a dargli corda; avevano finito per uscire intenzionalmente insieme e adesso Alex si trova nella sua cucina nel cuore della notte.

Alex ha smesso di parlare al telefono. Spegne la luce e torna in camera da letto.

Robi finge di dormire. Se lui sta per ammazzarla preferisce non saperlo prima.

Invece Alex si riveste e se ne va. Robi fa appena in tempo a registrare che prima di uscire Axel inserisce l'allarme. Il suo ultimo pensiero prima di addormentarsi è che questo Alex potrebbe persino rivelarsi un buon partito.

Sta per seguire la considerazione che di buoni partiti non ce ne sono più, ma ancora prima di arrivare alla fine del concetto sono le sette e suona la sveglia.

Ancora una volta la sua notte di sonno è durata un attimo.

Alle otto Robi si siede in un angolo del *Flash* con una tazza colma di una sostanza liquida che potrebbe anche essere petrolio, e invece è il caffè più forte e denso che Bridget riesce a mettere insieme.

Dio la benedica.

Davanti a lei si materializza Paoletta.

Sembra una diva degli anni '60, con tanto di foulard intorno alla testa e occhiali scuri con una vistosa montatura bianca.

Avrà successo, pensa Robi. Anzi, forse Paoletta è già una VIP, e solo lei non se n'è ancora accorta.

Paoletta le sorride.

-Ho un'ottima notizia. Qualcuno si è introdotto nel server del blog e ha cancellato selettivamente gli articoli sull'uomo nell'ombra.

Robi scruta il fondo della tazza e sospira. Il caffè è già finito.

-Di solito questo tipo di notizie non sono ottime.

-In questo caso sì. Significa che stiamo dando fastidio. Non è questo che volevi? Beh, io sì.

-A chi stiamo dando fastidio?

-Al tuo amico. Che ancora non so chi è. Quando mi dirai il suo nome? Mi sembra che tu stia prendendo in giro sia me che lui.

-E' che non sono molto lucida in questo periodo e non vorrei fare errori.

-Cosa vuol dire che non sei lucida? A parte che ti ubriachi tutte le sere... Si nota, credimi. Sei uno straccio.

-Sono solo un po' stanca.

-E ubriaca.

Robi si stringe nelle spalle.

-Riesci a recuperare gli articoli e ripubblicarli, precisando molto chiaramente che qualcuno ti ha hackerato il blog?

-Il gioco si fa duro, eh?

-Non è questo che volevi?

-Senti un po': ma non è che questo tipo è pericoloso?

Robi si stringe nelle spalle.

-Può essere. Chi lo sa?

Paoletta si rimette gli occhiali e si alza.

-Molto bene- dice sorridendo. -Se il gioco si fa duro noi siamo pronte. O no? E poi i tipi pericolosi mi sono sempre piaciuti.

Robi annuisce e fa cenno a Bridget di portarle dell'altro caffè.

Axel incontra Erni e gli spiega il suo piano.

-Quando ti è venuta in mente una cosa del genere?- gli chiede Erni.

-L'altra notte- gli risponde Axel.

-Non riuscivi a dormire?

-Lorenzo mi ha telefonato alle quattro. Era lui che non riusciva a dormire.

-Lasciamo perdere Lukas e Angelica. E' un piano troppo rischioso, con troppe variabili e incognite. Il furto è un metodo più veloce e sicuro- taglia corto Erni.

-Non sappiamo a chi rubare il quadro, però.

-E invece sì.

Erni porge a Axel il proprio smartphone. Il display mostra la foto di una ragazza di circa venticinque anni. Indossa un abito da sera e tiene in mano un calice di vino.

Axel osserva la foto finché il display non si spegne.

-E' una foto presa dal profilo instagram di Gloria, una nipote di Lorenzo. E' la figlia di una delle sue due sorelle- Erni rianima il display. -Guarda cose c'è appeso alla parete.

Axel prende in mano il telefono. Nella parte sinistra della foto compare il bordo dell'arazzo. Axel sfoglia il carousel del post che contiene altre due foto, nelle quali l'arazzo fa bella mostra di sé.

-Ce l'ha lei- conclude Axel.

-E ne va molto orgogliosa. Che gusti che hanno in questa famiglia- sospira Erni riprendendo lo smartphone. -Sembra che tutti muoiano dalla voglia di avere un quadro che non vale niente.

Axel controlla l'ora.

-Aspetta un attimo- gli dice Erni. -C'è un'altra questione. Come procede con lo smartphone del nostro bersaglio?

Axel ci mette un paio di secondi per capire che il bersaglio è Roberta e un altro paio per ricordarsi di essersi offerto per installare sul suo nuovo smartphone un'app con la quale poter controllare ogni cosa che fa e dice.

Scuote la testa.

-Non sono ancora riuscito ad arrivarle così vicino. E poi ho notato che ora usa uno di quei telefoni di una volta. Ti ricordi? I primi cellulari, con i quali si poteva solo telefonare e mandare messaggi.

-Lo immaginavo- dice Erni gettando la penna sul tavolo.

-Continuerò a seguirla io quando esce la sera.

-In che senso?

-Sarò una specie di app umana.

-Le app umane hanno il difetto di fabbrica di essere facilmente individuabili.

-Anche quelle non umane, a quanto pare.

11.

All'una in punto due uomini vestiti di nero scendono da un furgone e si avviano a passo spedito verso un condominio isolato a poche decine di metri di distanza.

Difficilmente qualcuno può aver notato un furgone fermo dalle undici nel punto più remoto di un parcheggio completamente al buio.

E' una notte di inizio agosto; tutto intorno è avvolto nel silenzio e le strade sono poco trafficate. Forse da qualche parte c'è gente in giro che cerca un posto dove divertirsi, ma quel posto non è certo la periferia soporifera dove vive Gloria.

Lei stessa - una giovane donna che sembra perseguire l'edonismo a tutti i cosi - non è a casa. Secondo Erni si trova in vacanza a Tenerife e trascorre le notti in preda a una furia godereccia che stride con il grigio condominio cittadino in cui vive, dove da ore non c'è una sola finestra illuminata.

Axel e Erni hanno studiato il colpo nei minimi dettagli. Erni ha provveduto a spegnere i lampioni del parcheggio, già isolato e poco invitante di suo, cosicché in questo momento ci sono posteggiate solo due auto e una moto.

Axel ha recuperato il furgone, un mezzo non troppo vistoso che reca sulle fiancate il logo della Caritas.

Il furgone è stato sottratto al legittimo proprietario qualche ora prima, e i loghi sono stati applicati subito dopo. Prima che il gallo canti finirà abbandonato in mezzo ai campi.

Questo secondo i piani di Axel, che scende dal furgone per sgranchirsi le ginocchia.

Erni è seduto nel retro del furgone, dove ha allestito una centrale operativa attraverso la quale segue l'operato dei due topi di appartamento, che in questo momento si stanno arrampicando lungo la facciata del palazzo.

In linea teorica Axel ha ingaggiato due professionisti del crimine, due malviventi di comprovata fama, per i quali portare a termine un colpo come quello commissionato da Lorenzo equivale a scolarsi in un solo sorso il proverbiale bicchiere di acqua.

Solo che anche l'acqua può andare di traverso, e stanotte Axel ha dei brutti presentimenti. Sente che qualcosa non sta andando per il verso giusto. O forse è la sua storia con Roberta che non sta andando nel verso giusto. In realtà non c'è un verso giusto in una storia con lei; c'è solo un verso sbagliato.

Sospira pensando a come potrebbe reagire Lorenzo se sapesse di loro due.

Prende lo smartphone dalla tasca e senza pensarci manda un messaggio a Roberta. Non avrebbe mai pensato di congedarsi da lei tramite whatsapp, ma d'altra parte non pensava nemmeno che sarebbe arrivato al punto di avere una storia con lei.

Forse questo non è esattamente il momento più opportuno per chiudere la loro relazione, pensa inviando il messaggio.

O forse sì, gli suggerisce l'intuito. E raramente il suo intuito sbaglia.

Dall'esterno del furgone Axel sente la voce di Erni dare disposizioni perentorie. Capisce che i due ladri sono sul balcone e stanno per mettere in funzione il jammer, che consentirà loro di neutralizzare l'allarme.

Axel trattiene il respiro, perché se qualcosa va storto tra poco la sirena dell'allarme sveglierà tutto il circondario.

Invece tutto tace. Axel sale sul furgone e mette in moto, perché nel momento in cui i due ladri scenderanno con l'arazzo lui dovrà trovarsi nelle immediate vicinanze per caricarli sul furgone e portarli via insieme alla refurtiva.

Viene fuori che i due hanno trovato il tempo sia per smontare la cornice dell'arazzo, in modo da renderlo più facile da trafugare, sia per ripristinare l'infisso della porta-finestra del balcone prima di lasciare l'appartamento.

Mentre guida li sente ridacchiare, complimentandosi a vicenda per la pulizia del colpo.

Hanno persino sistemato il legno della cornice in modo ordinato vicino alla parete dove era appeso l'arazzo.

Dev'essere una nuova tendenza dei furti in appartamento, pensa Axel: lasciare il posto più in ordine di come lo si era trovato.

Se i due ladri hanno in mente di scambiarsi considerazioni anche in merito al modesto valore della refurtiva, lo rimandano a un momento successivo; Axel sa quanto Lorenzo li ha pagati: per un cifra del genere lui l'arazzo l'avrebbe ricamato a mano, punto dopo punto.

Non che abbia pagato meno bene lui e Erni, per la verità…

Axel ed Erni lasciano i due soci alle rispettive abitazioni. Nel frattempo Erni ha piegato l'arazzo e lo ha infilato in una valigia, pronto per essere consegnato a Lorenzo.

Ernie prende posto di fianco a Axel, che dirige il furgone verso un'area abbandonata all'estrema periferia della città; in zona ha lasciato la macchina con cui torneranno indietro.

Mentre Axel guida cercando con tutta la prudenza di cui è capace, Erni consulta il suo smartphone. Axel sta quasi concedendosi un pensiero positivo, si sta quasi dicendo che è andato tutto bene, quando Erni impreca riportandolo bruscamente alla realtà.

-Che succede?

-Dobbiamo correre da Lorenzo.

-Non si può mai stare tranquilli- dice Axel.

-Per niente- rincara Erni.

Robi si gira nel letto per la miliardesima volta.

Avrà anche l'aria condizionata, ma quando una notte di agosto decide di non farti dormire non c'è niente da fare.

In più ci si mette anche Whatsapp. Dovrebbe iniziare a silenziare le chat meno rilevanti, almeno la notte.

L'ultimo messaggio è di Paoletta. Le ha mandato una mano con le dita incrociate.

Robi lancia il telefono sul letto di fianco a sé, si gira dall'altra parte e finalmente si addormenta, così in fretta e profondamente da non sentire la notifica del messaggio successivo.

Erano d'accordo che si sarebbero visti l'indomani per la consegna dell'arazzo, così quando Lorenzo si ritrova Axel ed Erni fuori dalla porta non riesce a reprimere la sorpresa.

-Non rispondevi al telefono, così siamo venuti qui direttamente- dice Axel entrando in casa e posando per terra la valigia.

-Mi sembrava di capire che tutto fosse andato per il meglio.

Ernie si chiude la porta alle spalle e porge a Lorenzo il suo smartphone.

Lorenzo sospira e si appresta alla lettura.

"Breaking news: ecco tutte le indiscrezioni che aspettavate sul famoso uomo nell'ombra".

Negli ultimi giorni la redazione è stata letteralmente tempestata da messaggi e email che ci chiedevano che fine avessero fatto gli articoli sul nostro uomo nell'ombra. Questi articoli erano infatti misteriosamente scomparsi dal nostro sito e oggi ve ne spieghiamo il motivo: siamo stati vittima di un feroce cyber attacco. Qualcuno è penetrato nel nostro server e ha cancellato sistematicamente tutti i post che riguardavano l'uomo nell'ombra.

Noi però non cediamo alle intimidazioni, anzi: ci sono di sprono per scavare anche nelle storie più torbide e far venire a galla le verità più scomode.

Oggi abbiamo quindi deciso di scoprire le nostre carte svelando la vera identità dell'uomo nell'ombra. Si tratta di Lorenzo Corradini, un losco personaggio che si è arricchito con investimenti spregiudicati e frodi internazionali. Cinque anni fa si è ritirato dagli affari - diciamo così - per dedicarsi al grande fratello fai-da-te. L'esperienza deve averlo condotto a una sorta di redenzione, perché qualche tempo dopo lo vediamo alle prese con la Fondazione Le Muse, un'operazione di stampo apparentemente filantropico nella quale Corradini ha iniettato una cospicua dose di investimenti, diventando un punto di riferimento per moltissimi artisti di grido.

Tutto bene, quindi? Per niente. Vi avevamo accennato a un rovescio di fortuna, e infatti il nostro Corradini è stato ripagato con la sua stessa moneta da Angelica Restelli, una scaltra trafficante di opere d'arte che prima ha conquistato la fiducia del Corradini e quindi l'ha piantato in asso, scappando con una tela di un certo valore la cui principale caratteristica è quella di essere un quadro rubato.

L'opera consisterebbe nel famoso Harbor Scene di Willem van de Velde, sottratto da un museo di San Francisco la notte di Natale del 1978 insieme ad altri tre quadri (poi restituiti in modo anonimo vent'anni più tardi).

Abbiamo raggiunto Samantha per una dichiarazione, ma lei preferisce non rilasciare commenti e noi rispettiamo il suo desiderio di riservatezza.

Speriamo di avere ulteriori aggiornamenti da poter condividere con voi.

E ricordatevi che se Spietta sparisce dal web è perché stiamo dando fastidio a qualcuno.

Ma noi non ci arrendiamo: questo è il nostro messaggio - chiaro e forte - rivolto a tutti coloro che vogliono farci tacere.

Lorenzo si porta la mano alla fronte, scuote la testa, restituisce il telefono a Ernie e scoppia in una fragorosa risata.

-Fantastico- dice alla fine, davanti agli sguardi attoniti dei suoi due complici. -Doveva andare a finire così, no?

12.

Lorenzo si guarda intorno passando in rassegna ogni singolo quadro, libro, pianta, soprammobile. Gli sembra di vedere alcune cose per la prima volta, ma è sicuro che siano sempre state lì dove sono ora. E' lui a non averle mai notate.

-Sto cercando di memorizzare questo posto il più precisamente possibile- dice a Rita, che lo osserva sorridendo. -Perché questa è l'ultima volta che ci vediamo- le spiega.

-Dicono tutti così- risponde lei.

-Tutti chi?

-Tutti i miei pazienti che si siedono su quella poltrona, si guardano intorno con aria mesta e dolente, e decidono di congedarsi da me per sempre.

-Per sempre?

Rita si stringe nelle spalle. -Non è forse ciò che mi sta dicendo?

-Mah, non so. Penso che non ci vedremo per un po'. Non direi per sempre; mi sembra troppo perentorio… diciamo per qualche tempo.

-Mi pareva- ribatte Rita.

-E' che sono successe delle cose recentemente che richiedono un mio allontanamento. Giusto per essere prudenti.

Rita gli sorride.

-Ha saputo, vero?

-Sono un'avida lettrice di *Spietta*.

-Veramente?

-Ognuno ha i propri vizi.

-Incredibile.

-L'articolo su di lei mi è piaciuto in modo particolare. Tutta quell'enfasi sul diritto all'informazione libera e imparziale...

-Informazione? Ma quale informazione?

-L'entusiasmo di battersi per la verità e la giustizia...

-Beh, anche qui non so bene di quale verità stiamo parlando.

-Il coraggio di non lasciarsi intimidire da pericolosi hacker che cercano a tutti i costi di mettere a tacere una vicenda scandalosa...

-Dio mio- dice Lorenzo scuotendo la testa.

-E' davvero un sito ricco di storie avvincenti. E non delude in quanto a colpi di scena.

-Quella Paoletta è diabolica. Devo dire di averla sottovalutata.

-Questo è il rischio che si corre a sottovalutare le donne.

-Si finisce in galera.

-Beh, non è detta l'ultima parola. Non ha in mente di allontanarsi? Immagino verso un luogo che non prevede l'estradizione verso l'Italia...

-Sinceramente non sono molto preoccupato. Però sì, me ne vado per qualche tempo.

-Paoletta è una giornalista di talento- dice Rita, facendosi seria.

-Ah, davvero?

-Sì. E lo sa anche lei. *Spietta* sembra un sito di gossip fine a se stesso. Si presenta come una raccolta raffazzonata di pettegolezzi, ma in realtà dietro c'è tanto lavoro e tanta dedizione. Forse non lo sa, perché non lo segue assiduamente quanto me, ma dal sito di *Spietta* sono partiti approfondimenti e indagini su diverse vicende mai del tutto chiarite.

-Come la mia, per esempio.

-Per esempio. Paoletta non molla e ha un grande intuito per le storie che meritano di essere portate alla luce.

-Beh, non è che proprio la mia storia sia così meritoria di essere portata alla luce.

-Ah, no? Pensavo avrebbe gradito un po' di notorietà. Finalmente il mondo sa chi è lei veramente.

-Chi sono io veramente?

-Un criminale con un discreto background, con pochi scrupoli ma anche poche idee chiare…

-In che senso poche idee chiare?

-Un uomo intelligente, ma avventato e poco competente nella gestione dei rapporti umani…

-Quali rapporti umani?

-Appunto. Un imprenditore con grandi slanci di generosità, ma poco tenace e propenso alla noia.

-Un fallimento, insomma.

-E' così che si sente? Un fallimento? L'articolo su di lei è il più letto in assoluto dall'apertura del sito, ed è online da poche ore. Non era questo che desiderava: essere riconosciuto pubblicamente come un criminale di tutto rispetto?

-E come la mettiamo con le poche idee chiare, la scarsa competenza nei rapporti umani, la poca tenacia e la propensione alla noia?

-Ci si può lavorare.

-Ma io sto partendo e non so quando tornerò.

-Non ho detto che ci deve lavorare con me. Può farlo anche da solo. O con qualcun altro.

Lorenzo scuote la testa.

-Cosa pensa di fare a partire da domani?

-Non lo so. Ma non facevo niente neanche prima, quindi non è un problema-. Si stringe nelle spalle. -Troverò qualcosa.

Rita si alza, prende un pacchetto dalla scrivania e lo porge a Lorenzo

-Ho un regalo per lei.

-Grazie.

-E' un libro.

-Grazie lo stesso- le dice sorridendo.

-Sono sicura che le darà spunti di riflessione.

Lorenzo si alza e le stringe la mano. -Lei mi mancherà moltissimo.

-Anche lei mi mancherà.

-Davvero?

-Certo. Quando sarà un po' più competente in merito ai rapporti umani riuscirà a capire che, per quanto strano, anche lei può mancare alle persone quando si congeda da loro.

Rita lo accompagna alla porta, ma prima di uscire Lorenzo si volta e le dice: -Sa che ha proprio ragione su Paoletta. E' davvero brava. Finge di scrivere stronzate, ma poi affonda il coltello. Mi chiedo solo perché si sia data tanto la briga di indagare su di me.

La risposta è ovvia, pensa Lorenzo in macchina. Paoletta sarà anche animata dalle migliori intenzioni, dall'amore per la verità e per l'informazione coraggiosa, ma la motivazione ad andare a fondo nella sua vicenda può esserle arrivata solo da una persona: l'unica persona in grado di fare il suo nome a distanza di anni, dopo essersi resa conto che i giochi con lui non erano ancora chiusi.

Axel lancia sguardi nervosi nello specchietto retrovisore. Lorenzo non ha mai visto Axel così in apprensione; vorrebbe dirgli di stare tranquillo, che anche questa volta andrà tutto bene.

-Tutto è pronto per la fuga- dice Axel.

-Molto bene, grazie.

-Il jet è in attesa presso l'aeroporto di Zurigo, pronto a decollare con minimo anticipo- aggiunge Axel.

Lorenzo annuisce.

Axel accosta la macchina lungo il marciapiede, dietro alla vettura che porterà Lorenzo a Zurigo. Due guardie del corpo sono pronte a qualsiasi imprevisto. O almeno questo è ciò che spera Lorenzo, anche se visti i precedenti non si può mai dire.

-Devi fare in fretta ad andartene. Un mandato di cattura internazionale potrebbe essere spiccato da un momento all'altro- riprende Axel.

-Ho ancora un cosa da fare- dice Lorenzo facendo scattare la serratura della portiera.

-Aspetta un attimo- dice Axel girandosi verso di lui. -Portami con te.

Lorenzo scuote la testa. -Salvati fin che puoi. Se resti nessuno verrà a cercarti. Se vieni via con me sarai considerato un mio complice e finirai anche tu ricercato.

-Preferisco rischiare che restare qui senza di te.

-No. Me ne vado da solo. Non so cosa farò, né cosa ne sarà di me. Non posso trascinarti in un'impresa così avventata.

-Lori, tu sai di aver bisogno di qualcuno di cui fidarti. E io non ho niente e nessuno che mi trattiene qui.

-Ne sei proprio sicuro?

Axel capisce che Lorenzo sa di lui e Roberta.

-Ne sono sicuro- risponde Axel senza battere ciglio.

Lorenzo apre la portiera e scende dalla macchina.

Robi è in ufficio. Sta controllando alcuni conti al PC.

Sonila bussa alla porta.

-C'è una persona che chiede di parlarti un attimo.

-Ti sembra un cliente che intende sporgere un reclamo?

-No.

-E allora può aspettare.

Robi apre il programma di posta elettronica e inizia a scorrere le email.

Sonila torna dopo un paio di minuti. Entra in ufficio e posa sulla scrivania di Robi un sacchetto di carta.

-Mi ha dato questo per te.

Robi sospira e apre il sacchetto.

Ciò che vede le toglie il fiato.

-Va bene- dice sa Sonila. -Arrivo tra un minuto.

Robi prende dalla borsa il telefono che usa per comunicare con Momi e le manda un messaggio.

Momi, che cosa ho fatto? Se non ci vediamo più sappi che sei stata la migliore amica.

Robi esce dall'ufficio. Sono le quattro del pomeriggio e la sala è quasi vuota. Fa qualche passo e vede che il posto dove di solito si siede lei è occupato da un uomo. E' di spalle, ma Robi lo riconosce subito.

Si siede davanti a lui e posa il sacchetto sul tavolo.

-Ciao Robi.

-Ciao.

Lui le sorride. -Come stai?

-Bene, grazie.

-Ti ho riportato il coniglietto di peluche- dice Lorenzo, facendo cenno al sacchetto.

-Ho visto, grazie.

-Sono passato a salutarti. Sto per partire e non so quando tornerò. Se mai tornerò.

-Dove andrai?

-Non lo so ancora.

-E' per via dell'articolo su *Spietta*?

-E' per via dell'articolo. Ma prima o poi sarebbe successo. Angelica non è una volpe e mi ha già messo nei guai. Per fortuna anche la polizia non spicca per furbizia, e ho avuto un po' di tempo per organizzare le cose.

-Mi hai seguita in tutti questi anni, vero?

-Sì.

-Eri alla discussione della mia tesi e al funerale dei miei genitori.

Lorenzo annuisce.

-Perché?

Lorenzo si stringe nelle spalle. -Grazie e un lungo percorso di psicanalisi riesco a formulare il pensiero che forse mi ero affezionato a te.

Robi sorride. -Non ho fatto carriera per caso, vero? E il mutuo della casa non me lo hanno concesso perché sono carina e promettente, giusto?

-Il mondo non è generoso, soprattutto con le giovani donne. Diciamo che ho investito su di te, e ho avuto ragione. Perché sei brava. E questo posto lo dimostra. Questo locale faceva acqua da tutte le parti e adesso è il primo di tutta la catena. Forse ho unto un po' gli ingranaggi, ma alla fine tutti ne hanno beneficiato.

Robi prende in mano il coniglietto di peluche. L'aveva portato con sé nella casa del grande fratello fai-da-te per sentirsi meno sola; se ne era completamente dimenticata.

Ora ricorda che era stata sua madre a regalarglielo. Il pensiero la trafigge come un pugnale e scoppia a piangere. Non aveva pianto né per suo padre, nonostante la perdita improvvisa, né per sua madre, nonostante la lenta malattia.

Non aveva mai pianto, e invece adesso non riesce a smettere.

Lorenzo le passa alcuni tovaglioli di carta e Sonila - che non l'ha persa di vista un attimo - le porta un bicchiere di acqua.

-Grazie- dice Robi asciugandosi le lacrime.

Lorenzo riceve un messaggio sul cellulare.

-Adesso devo proprio andare- le dice.

Robi rimette il coniglietto nel sacchetto di carta e lo spinge verso Lorenzo.

-Tienilo tu. Immagino che dove andrai avrai bisogno di compagnia.

Lorenzo si alza, prende in mano il sacchetto, le sorride e se ne va.

Epilogo

Il jet è da poco in volo sopra le acque internazionali.

Lorenzo alza la tenda rigida dell'oblò e guarda fuori. Non ha idea di dove si trovi, e non si è mai sentito così libero in vita sua.

Dall'altra parte del corridoio Axel sta consultando alcuni documenti, come se da loro dipendesse la sua stessa vita. E in un certo senso è così.

Una hostess gli porta da bere e Lorenzo pensa che non potrebbe stare meglio.

Si concede qualche minuto di relax, quindi posa il bicchiere vuoto e apre il bagaglio a mano. Estrae il coniglietto di peluche, gli sistema le orecchie e lo adagia sul sedile davanti a lui.

Si china nuovamente e dalla valigia prende il pacchetto che gli ha dato Rita. Stacca lo scotch con la punta delle dita e toglie la carta.

Con suo grande stupore si trova a tenere tra le mani un libro di cui non immaginava minimamente l'esistenza, pur avendola auspicata.

Allora Il Vangelo di Giuda esiste davvero, pensa Lorenzo facendo scorrere l'indice lungo le lettere in rilievo della copertina.

Apre il libro, sperando in una dedica di Rita. Non resta deluso, perché nella prima pagina lei gli ha lasciato scritto: "Tutti abbiamo un posto nella storia".

Robi cancella il numero di Alex.

Solo oggi ha letto il messaggio che lui le ha inviato un paio di notti fa, informandola che gli dispiaceva tanto ma non potevano più andare avanti ad incontrarsi.

Perché?

Il messaggio non lo diceva, ma Robi ora sa chi è Alex; dalla vetrata del *Flash* lo ha visto salire in macchina con Lorenzo, per partire diretti verso chissà dove. E' sicura che la loro storia non sarebbe durata e ora è molto stupita che sia iniziata.

In quel momento suonano alla porta.

A quanto pare c'è un pacco per lei.

-Ma io non sto aspettando niente- dice Robi.

L'uomo fuori dalla porta però tiene in mano una bolla di consegna che reca il suo nome.

Lei la firma e lui si dilegua.

Robi trascina il pacco in casa e lo apre.

Dentro c'è qualcosa che sembra un pesante pezzo di stoffa piegato.

Robi lo stende: qualcuno le ha spedito un enorme arazzo che rappresenta uno stucchevole tema bucolico ambientato in epoca barocca.

Dentro ci trova un biglietto: *Un giorno tornerò a prenderlo. L..*